輕圖表！

5天速學

羅馬拼音 + 中文拼音 + MP3 inside

東大門市場
明洞
仁寺洞
三清洞
哪裡都想去玩！

旅遊韓語

金龍範 著

山田社
Shan Tian She

U0073353

不要想太多，只要有連假，

提起包包，就到隔壁的韓國去玩吧！

旅行中**累積感動**，旅途中找尋**溫暖的故事**！

旅行可以讓自己**前進**！讓自己**更神**！

△ 輕圖表一下！輕鬆學會旅遊韓語！

△ 隨書附贈中韓朗讀光碟，讓你走到哪，學到哪！

△ 只要5天，讓你輕鬆秀韓語！

到韓國滑雪，到韓國看拌飯秀、塗鴉秀，體驗韓國傳統婚禮，體驗這樣就可以美美的韓式彩妝…。韓國還有許許多多溫暖的故事，新的事物等著你。旅遊可以休息心靈，征服內心的軟弱，改變對生活的看法，並找到那個很神的自己！

旅遊達人神回覆「會韓語，韓國好玩一百倍！」

現在學韓語真的簡單多了，只要學會基本文法、基本單字，愛看韓劇、韓國綜藝節目的你，學起來可以說是輕鬆寫意，輕而易舉了。為此，強力推薦！好學，又容易上手的《輕圖表！5天速學旅遊韓語》！

為了旅遊咖的你，我們一次整理，韓國旅遊熱門單字、會話、句型，透過輕鬆篩選，精簡濃縮，讓你翻開就說，玩翻韓國！

只要出發前5天準備，讓你學習省時、省力、省麻煩！

走走走！5天後就出發！

本書三大不思議

第一驚：輕圖表「萬用句型 x 關鍵單字」，最少量最實用！

　　想知道韓國人每天都在說哪些韓語句型嗎？本書收錄常用基本句型，只要在空格填上替換單字，馬上變成自己想說的話了！不僅如此，還輕鬆篩選了最少量，但最實用的旅遊單字，舉凡美食、服飾、隨身配件、交通工具…等，都會是你立即派上用場的關鍵單字！

第二驚：用這些旅遊短句，就能玩翻天！

　　出國遊玩就要大方、輕鬆地跟韓國人講講話。書中精選了超實用的句子，這些就夠你玩翻韓國了。裡面有：到韓國飯店住宿，入退房及要求客服的韓語；到餐廳用餐，或挑戰路邊攤平價美食，點餐、結帳的韓語；大採購藥妝、韓系品牌服飾、食品，為親戚五十帶的伴手禮或紀念品，血拼用的韓語；邊體驗 SPA 邊說的韓語；非去不可的景點觀光，主題樂園遊玩的旅遊短句…等，就是要你好記、馬上用。

第三驚：你沒看錯！用中文就能說韓文！

　　貼心標示中文拼音＋羅馬拼音，讓你韓語不通也大丈夫，瞬間開口說韓語。隨書附贈中韓朗讀版光碟，讓你可以邊走邊聽、邊聽邊學，5 天就可以把韓語說得嚇嚇叫！

contents
目錄

Step 2 — 韓國人最愛用的寒暄語

Step 3 — 旅遊韓語

Topic1 · 一起飛去韓國啦！

Topic2 · 飯店住宿

Topic3 · 我愛韓國料理

Topic4 · 旅遊觀光

Step 1

韓國人最愛用的句型

memo

先安排讀書計劃學得更快喔！

句型 1	是＋○○。

名詞＋예요. ／名詞（이）＋에요.
_{ye yo}   _i   _{e yo}

也 喲   衣   愛 喲

▶▶ 註：名詞（母音收尾）＋예요. ／名詞（子音收尾＋이）＋에요.

是母親。	eo meo ni ye yo **어머니예요.** 喔.末.尼.也.喲.
是醫生。	ui sa ye yo **의사예요.** <u>烏衣</u>.莎.也.喲.

換個單字念念看

電話	jeon hwa **전화** 怎.化.	金美景	gim mi gyong i **김 미경이** <u>金母</u>.米.宮.衣.
歌手	ga su **가수** 卡.樹.	首爾	seo u ri **서울이** 瘦.無.立.
家庭主婦	ju bu **주부** 阻.樸.	學生	hak saeng i **학생이** 哈.先.衣.
老師	seon saeng ni mi **선생님이** 松.先.你.米.	台灣人	dae ma ni ni **대만인이** 貼.滿.寧.你.

句型 2　是＋○○＋嗎？

ye yo　　　　　　　　　　i　　　e yo
名詞＋예요?／名詞（이）＋에요?
也 喲　　　　　　　　　　衣　　愛 喲

▶▶ 註：名詞（母音收尾）＋예요?／名詞（子音收尾＋이）＋에요?

是哪裡呢？	eo di ye yo **어디예요?** 喔.低.也.喲.
是誰呢？	nu gu ye yo **누구예요?** 努.姑.也.喲.

換個單字念念看

什麼	mwo **뭐** 某.	韓國人	han guk sa ra mi **한국사람이** 韓.哭.莎.郎.米.
哪一個	eo neu geo **어느거** 喔.呢.狗.	演員	bae u **배우** 配.無.
幾點	myeot si **몇 시** 秒.細.	學生	hak saeng i **학생이** 哈.先.衣.
母親	eo meo ni **어머니** 喔.末.尼.	老師	seon saeng ni mi **선생님이** 松.先.你.米.
老師	seon saeng ni mi **선생님이** 松.先.你.米.	上班族	hoe sa wo ni **회사원이** 會.莎.我.妮.

9

句型 3	不是＋○○。

名詞（가／이）＋아니에요.
ga i a ni e yo
卡　衣　　阿 妮 也 喲

▶▶ 註：名詞（母音收尾＋가）＋아니에요.／名詞（子音收尾＋이）＋아니에요。
「가／이」是主格助詞，表示名詞是句子的主詞。

不是泡菜。	gim chi ga a ni e yo **김치가 아니에요.** 金母.氣.卡.阿.妮.也.喲.
不是家庭主婦。	ju bu ga a ni e yo **주부가 아니에요.** 阻.樸.卡.阿.妮.也.喲.

換個單字念念看

演員	bae u ga **배우가** 配.無.卡.	韓國人	han guk sa ra mi **한국사람이** 韓.哭.莎.拉.米.
人參茶	in sam cha ga **인삼차가** 音.山母.恰.卡.	上班族	hoe sa wo ni **회사원이** 會.莎.我.妮.
書	chae gi **책이** 切.幾.	酒	su ri **술이** 樹.里.
學生	hak saeng i **학생이** 哈.先.衣.	桌子	chaek sang i **책상이** 妾可.商.衣.

句型 4　很＋○○。

a　　eo　　ne　　　yo
形容詞（아 ／ 어 ／ 네）＋요.
阿　　喔　　內　　嘟

▶▶ 註：「아요 ／ 어요」是非正式但客氣的平述句語尾。語幹以陽母音收尾的後接「아」；以陰母音收尾的後接「어」，然後再接「요」就可以了。

很高興。	gi ppeo yo **기뻐요.** 幾.撥.嘟.
很寂寞。	oe ro wo yo **외로워요.** 威.樓.我.嘟.

換個單字念念看

快樂	jeul geo wo **즐거워** 茄兒.科.我.	有趣	jae mi it ne **재미있네** 切.米.乙.內.
辣	mae wo **매워** 每.我.	好	joh a **좋아** 秋.阿.
遙遠	meo ne **머네** 末.內.	甜	da ra **달아** 打.拉.

| 句型 5 | 很＋○○＋嗎？ |

形容詞（아 ／ 어）＋요？

_a _{eo} _{yo}

阿　　　喔　　　喲

▶▶ 註：「아요／ 어요」是非正式但客氣的平述句語尾。語幹以陽母音收尾的後接「아」；以陰母音收尾的後接「어」，然後再接「요」就可以了。如果是疑問句，只要在句尾加上問號「？」，在把音調上揚就可以了。

漂亮嗎？	i ppe yo **예뻐요？** 衣.撥.喲.
可愛嗎？	gwi yeo wo yo **귀여워요？** 桂.有.我.喲.

換個單字念念看

鹹	jja **짜** 恰.		（酒精度數）高	do kae **독해** 吐.給.
酸	syeo **셔** 秀.		帥	meo si sseo **멋있어** 摸.細.手.
苦	sseo **써** 瘦.		好吃	ma si sseo **맛있어** 馬.細.手.

Step
1
韓國人最愛用的句型

Step
2
韓國人最愛用的寒暄語

Step
3
旅遊會話

句型 6 ○○＋很（真）＋○○。

名詞（가／이）＋形容詞（아／어／네）＋요.
　ka　 i　　　　　　　　a　eo　ne　　yo
　卡　 衣　　　　　　　阿　喔　內　　喲

皮膚真好。	pi bu ga jot ne yo **피부가 좋네요.** 匹.樸.卡.秋.內.喲.
泡菜很辣。	gim chi ga mae wo yo **김치가 매워요.** 金母.七.卡.每.我.喲.

換個單字念念看

果汁／甜	ju seu ga ／ da ra **주스가 ／ 달아** 阻.司.卡.／打.拉.		旅行／ 快樂	yeo haeng i ／ jeul geo wo **여행이 ／ 즐거워** 喲.狠.泥.／仇.溝.我.
電影／ 有趣	yeong hwa ga ／ jae mi i sseo **영화가 ／ 재미있어** 用.化.卡.／切.米.乙.手.		心情／好	gi bu ni ／ jo a **기분이 ／ 좋아** 幾.布.妮.／秋.阿.
味道／淡	ma si ／ sing geo wo **맛이 ／ 싱거워** 馬.西.／醒.科.我.		心情／差	gi bu ni ／ na ppa **기분이 ／ 나빠** 幾.布.妮.／娜.爸.

句型 7 ○○＋很痛。

a pa yo
名詞＋아파요.

阿 怕 喲

這裡痛。	yeo gi ga a pa yo ## 여기가 아파요. 喲.幾.卡.阿.怕.喲.
頭痛。	meo ri a pa yo ## 머리 아파요. 末.里.阿.怕.喲.

換個單字念念看

肚子	bae **배** 配.	膝蓋	mu reup **무릎** 木.嚕樸.
背部	deung **등** 疼.	牙齒	i ppar **이빨** 尾.巴.
手	son **손** 鬆.	胸部	ga seum **가슴** 卡.師母.

句型 8	○○＋是什麼呢？

名詞＋뭐예요?
mwo ye yo

某 也 喲

▶▶ 註：為了強調主詞，會用「가／이」助詞（母音收尾＋가；子音收尾＋이）。

這是什麼？	i ge mwo ye yo **이게 뭐예요?** 衣.給.某.也.喲.
這是什麼？	i geo mwo ye yo **이거 뭐예요?** 衣.勾.孫.某.也.喲.

換個單字念念看

那	geu geon **그건** 哭.公.	早餐	a chim ba bi **아침 밥이** 阿.七母.爬.比.
興趣	chwi mi ga **취미가** 娶.米.卡.	工作	i ri **일이** 憶.里.
夢想	kku mi **꿈이** 姑.米.	職業	ji geo bi **직업이** 吉.勾.比.
特殊才藝	teuk gi ga **특기가** 特.幾.卡.	姓名	i reu mi **이름이** 衣.輪.米.

15

句型 9 有＋○○＋嗎？

名詞＋있어요?
i sseo yo

衣 手 喲

有報紙嗎？	sin mun i sseo yo **신문 있어요?** 心.悶.衣.手.喲.
有暈車藥嗎？	meol mi yag i sseo yo **멀미약 있어요?** 末兒.米.牙.衣.手.喲.

換個單字念念看

果汁	ju seu **주스** 阻.思.	高麗人 參茶	in sam cha **인삼차** 音.山母.恰.
時刻表	si gan pyo **시간표** 細.卡.票.	空位	bin ja ri **빈 자리** 冰.叉.里.
小菜	an ju **안주** 安.阻.	入場券 （票）	ti ket **티켓** 提.客.

句型 **10**　有＋○○。

i sseo yo
名詞＋있어요.
衣　手　喲

	bang i sseo yo
有房間。	**방 있어요.** 胖.衣.手.喲.
有直達車。	ji kaeng beo seu i sseo yo **직행버스 있어요.** 幾.肯.波.司.衣.手.喲.

換個單字念念看

座位	ja ri **자리** 叉.里.		休息時間	hyu ge si ga ni **휴게시간이** 休.給.細.卡.妮.
小狗	gang a ji ga **강아지가** 康.阿.吉.卡.		免稅店	myeon se jeo mi **면세점이** 妙.塞.走.米.
朋友	chin gu ga **친구가** 親.姑.卡.		發燒	yeo ri **열이** 有.理.

句型11　沒有＋○○。

eop seo yo
名詞＋없 어요.

歐不 瘦 喲

沒有情人。	yeo nin eop seo yo **연인 없어요.** 有.您.歐不.瘦.喲.
沒有車票。	ti ke si eop seo yo **티켓이 없어요.** 提.客.細.歐不.瘦.喲.

換個單字念念看

護照	yeo gwo ni **여권이** 有.郭.妮.		店員	jeom wo ni **점원이** 窮.我.妮.
食慾	si gyo gi **식욕이** 細.叫.幾.		自由活動時間	ja yu si ga ni **자유시간이** 叉.友.細.哥.妮.
衛生紙	hyu ji ga **휴지가** 休.吉.卡.		什麼人（都）	a mu do **아무도** 阿.木.土.

Step
1
韓國人最愛用的句型

Step
2
韓國人最愛用的寒暄語

Step
3
旅遊會話

句型12　○○＋多少錢？

eol ma ye yo

名詞＋얼 마예요?

偶而 馬 也 喲

這個多少錢？	i geo eol ma ye yo **이거 얼마예요?** 衣.科.偶而.馬.也.喲.
小孩多少錢？	eo ri ni eol ma ye yo **어린이 얼마예요?** 喔.里.妮.偶而.馬.也.喲.

換個單字念念看

對號座位	ji jeong seog **지정석** 奇.窮.瘦.
運費	un song ryo **운송료** 溫.鬆.留.
住一個晚上	il ba ge **일박에** 憶兒.爬.給.
套餐	ko seu neun **코스는** 科.司.嫩.
單程	pyeon do **편도** 騙.多.
到首爾	seo ul kka ji **서울까지** 首.爾.嘎.奇.

句型13　○○＋多少（錢）呢？

eol　ma　ye　yo
數量＋얼 마예요?
<u>偶而</u> 馬 也 喲

全部多少錢呢？	jeon bu eol ma ye yo **전부 얼마예요?** 怎.樸.<u>偶而</u>.馬.也.喲.
一個人多少錢呢？	han sa ram eol ma ye yo **한사람 얼마예요?** 韓.莎.郎.<u>偶而</u>.馬.也.喲.

換個單字念念看

一公斤	il kil lo e **일킬로에** <u>憶兒</u>.給.樓.愛.	兩個	du gae e **두개에** 禿.給.愛.
十個	yeol gae e **열개에** 友.給.愛.	一天	ha ru e **하루에** 哈.魯.也.
一個小時	han si ga ne **한시간에** 韓.細.敢.內.	一半	jeol ba nuen **절반은** 仇.胖.嫩.

句型14　○○＋多少（錢）？

名詞（는　／　은）＋數量＋얼 마예요?
neun　　eun　　　　　　　　　eol ma ye yo
　　　嫩　　　　恩　　　　　　　　　偶而．馬．也．喲

▶▶ 註：「는／은」是表主詞的助詞。以母音收尾的詞用「는」；以子音收尾的詞用「은」。在句中表示，強調、對比、主觀的。

單人房兩個晚上多少錢呢？	sing geur rum i bag eol ma ye yo **싱글룸 이박 얼마예요?** 醒．股．輪．伊．巴．偶而．馬．也．喲.
生魚片三人份多少錢呢？	saeng seon hoe sa min bun eol ma ye yo **생선회 삼인분 얼마예요?** 先．松．會．山．音．噴．偶而．馬．也．喲.

換個單字念念看

大人／三個	eo reun ／ se myeong **어른／3명** 喔．輪恩．／水．妙.	啤酒／一瓶	maek ju ／ han byeong e **맥주／한병에** 妹．阻．／韓．蘋．愛.
雞／一隻	da ／ kan ma ri **닭／한마리** 它．／刊．馬．里.	手機／一台	hyu dae jeon hwa ／ han dae e **휴대전화／1대에** 休．貼．怎．化．／韓．貼．愛.
那／一個	jeo geo ／ ha na e **저거／하나에** 走．口．／哈．娜．愛.	全部／三小時	jeon bu ／ se si ga ne **전부／세시간에** 怎．樸．／水．細．敢．內.

| 句型15 | 麻煩（我要）＋○○。 |

名詞＋부탁합니다.(부탁해요)
pu ta kam ni da　pu ta kea yo

樸 他 看 你 打 （樸 他 給 喲）

麻煩我要換錢。	hwan jeon bu ta kae yo **환전 부탁해요.** 換.怎.樸.他.給.喲.
麻煩我要點菜。	ju mun bu ta kae yo **주문 부탁해요.** 阻.悶.樸.他.給.喲.

換個單字念念看

啤酒	maek ju reur **맥주를** 妹.阻.嚕.	316號房	sa mir yu ko sil **삼일육호실** 沙.米兒.育.苦.吸.
韓式套餐 兩人份	han jeong sig i in bun **한정식 2인분** 韓.窮.西哥.伊.音.	大人兩人	eo reun dur **어른 둘** 喔.輪恩.土.
再一張	han jang deo **한장 더** 韓.張.透.	叫醒服務	mo ning kor **모닝콜** 某.令.口爾.

Step
1
韓國人最愛用的句型

Step
2
韓國人最愛用的寒暄語

Step
3
旅遊會話

句型16　可以＋○○＋嗎？

do　dwae yo
動詞도 + 돼요?
土　　腿 喲

可以試穿嗎？	i beo bwa do dwae yo **입어봐도 돼요?** 衣.波.爬.土.腿.喲.
可以摸一下嗎？	man jeo bwa do dwae yo **만져봐도 돼요?** 滿.酒.爬.土.腿.喲.

換個單字念念看

去	ga do **가도** 卡.土.	吃	meo geo do **먹어도** 某.勾.土.
看一下	bwa do **봐도** 爬.土.	休息一下	swi eo do **쉬어도** 雖.喔.土.
回去	ji be ga do **집에 가도** 幾.杯.卡.土.	打電話	jeon hwa hae do **전화해도** 怎.化.黑.土.

句型 17　可以＋○○＋嗎？

名詞＋動詞도＋돼요?
　　　　　　do　dwae yo
　　　　　　土　　腿 喲

可以坐這裡嗎？	yeo gi an ja do dwae yo **여기 앉아도 돼요?** 有.幾.安.叉.土.腿.喲.
可以拍照嗎？	sa jin jji geo do dwae yo **사진 찍어도 돼요?** 莎.親.幾.勾.土.腿.喲.

換個單字念念看

門／打開	mun ／ yeo reo do **문／열어도** 悶.／有.樓.土.	這個／ 退貨	i geo ／ ban pum hae do **이거／반품해도** 衣.口.／胖.碰.黑.土.
這個／吃	i geo ／ meo geo do **이거／먹어도** 衣.勾.／末.勾.土.	煙／抽	dam bae ／ pi wo do **담배／피워도** 談.配.／匹.我.土.
明天／ 打電話	nae ir ／ jeon hwa he do **내일／전화해도** 內.憶兒.／怎.化.黑.土.	酒／喝	su reur ／ ma syeo do **술을／마셔도** 樹.路.／馬.瘦.土.

句型18　○○＋在哪裡？

eo di ye yo
名詞＋어디예요?

喔 低 也 喲

出口在哪裡？	chul gu ga eo di ye yo **출구가 어디예요?** 糗.姑.卡.喔.低.也.喲.
國內線在哪裡？	guk nae seon eo di ye yo **국내선 어디예요?** 哭.內.三.喔.低.也.喲.

換個單字念念看

公車站	beo seu ta neun go seun **버스 타는 곳은** 波.司.她.嫩.夠.孫.	藥局	yak gu geun **약국은** 牙.姑.滾.
兌換處	hwan jeon so neun **환전소는** 換.怎.嫂.嫩.	廁所	hwa jang si ri **화장실이** 化.張.細.里.
觀光諮詢 服務台	gwan gwang an nae so neun **관광안내소는** 狂.光.安.內.嫂.嫩.	地鐵車站	ji ha cheor yeo gi **지하철역이** 奇.哈.球.有.幾.

25

句型19 給我＋○○。

名詞 + 주세요.
ju se yo

阻 塞 喲

給我這個。	i geo ju se yo **이거 주세요.** 衣.科.阻.誰.喲.
給我菜單。	me nyu ju se yo **메뉴 주세요.** 梅.牛.阻.誰.喲.

換個單字念念看

收據	yeong su jeung **영수증** 用.樹.真.	免費報紙	mu ryo sin mun jom **무료신문 좀** 木.料.心.悶.從.
水	mur jom **물 좀** 母兒.從.	路線圖	no seon do jom **노선도 좀** 努.松.土.從.
藥	yag jom **약 좀** 牙.從.	交通卡	ti meo ni ka deu jom **티머니카드 좀** 提.末.尼.卡.的.從.

句型20 給我＋○○。

ju se yo
數量 + 주세요.

阻 塞 喲

給我三雙。	se kyeol le ju se yo ## 세켤레 주세요. 塞.苛兒.淚.阻.誰.喲.
給我一套。	han beor ju se yo ## 한벌 주세요. 韓.薄.阻.誰.喲.

換個單字念念看

一袋	han ja ru ## 한자루 韓.叉.路.	一瓶	han byeong ## 한병 韓.蘋.
四張	ne jang ## 네장 內.張.	三個	se gae ## 세개 誰.給.
兩杯	du jan ## 두잔 土.餐.	兩台	du dae ## 두대 土.貼.

句型21　給我＋○○。

名詞 ＋ 數量 ＋ 주세요.

ju se yo

阻　塞　喲

▶▶ 註：「名詞（를／을）＋數量＋주세요.」「를／을」是受詞助詞，表示動作的對象：以母音收尾的詞用「를」；以子音收尾的詞用「을」。

給我三張票。	pyo se jang ju se yo **표 세장 주세요.** 票.塞.將.阻.誰.喲.
給我一條毛巾。	ta wor han jang ju se yo **타월 한장 주세요.** 她.我.韓.將.阻.誰.喲.

換個單字念念看

那個／ 一袋	jeo geo ／ han ja ru **저거／한자루** 走.口.／韓.夾.路.	燒酒／ 一瓶	so ju reur ／ han byeong **소주를／한병** 嫂.阻.魯.／韓.蘋.
車票／ 四張	pyo reur ／ ne jang **표를／네장** 票.魯.／內.江.	蘋果／ 三個	sa gwa reur ／ se gae **사과를／세개** 莎.瓜.魯.／塞.給.
啤酒／ 兩杯	maek ju reur ／ du jan **맥주를／두잔** 妹.阻.魯.／土.餐.	照相機／ 兩台	ka me ra reur ／ du dae **카메라를／두대** 卡.梅.拉.魯.／土.貼.

句型22　請＋○○（一下）。

動詞＋주세요.
ju se yo

阻　塞　喲

▶▶ 註：這個句型中，括號裡的是助詞「動詞（아／어／해）＋주세요」。

請快一點。	seo dul leo ju se yo 서둘러 주세요. 瘦.土.拉.阻.誰.喲.
請算便宜一點。	jom kka kka ju se yo 좀 깎아 주세요. 從.咖.咖.阻.誰.喲.

換個單字念念看

救救我	do wa 도와 土.娃.		等	gi da ryeo 기다려 給.打.留.
唸	il geo 읽어 憶兒.勾.		看	bo yeo 보여 普.喲.
收拾	chi wo 치워 氣.我.		再度光臨	tto 또 都.

句型23　請＋○○。

ju se yo
名詞＋動詞＋주세요.
阻　塞　喲

▶▶ 註：這個句型中，括號裡的是助詞「名詞（를／을）＋動詞（아／어／해）＋주세요」。

請給我看那個。	jeo geo seur bo yeo ju se yo **저것을 보여 주세요.** 走.勾.思兒.普.喲.阻.誰.喲.
請加一些零錢。	jan do neur seo kkeo ju se yo **잔돈을 섞어 주세요.** 餐.土.奴.瘦.勾.阻.誰.喲.

換個單字念念看

到明洞／載	myeong dong kka ji / ga **명동까지／가** 妙.同.嘎.奇.／卡.	房間／換	bang eur / ba kkwo **방을／바꿔** 胖.額.／爬.郭.
飯店／聯絡	ho te re / yeol la ke **호텔에／연락해** 呼.貼.雷.／由.拉.給.	手／揮	son / heun deu reo **손／흔들어** 鬆.／恨.都.樓.
計程車／叫	taek si / jom bul leo **택시／좀 불러** 特.細.／從.普.拉.	醫生／叫	ui sa reur / bul leo **의사를／불러** 烏衣.莎.魯.／普.樓.

句型24　請（幫我）＋○○。

hae ju se yo
動詞＋해 주세요.

黑　阻　塞　喲

▶▶ 註：這個句型中，括號裡的是助詞「動詞（아／어）＋해주세요」。

請跟我握手。	ak su hae ju se yo **악수해 주세요.** 阿苦.樹.黑.阻.誰.喲.
請說明一下。	seol myeong hae ju se yo **설명해 주세요.** 手.妙.黑.阻.誰.喲.

換個單字念念看

聯絡	yeon ra (kae) **연락** 由.拉.（給.）	換錢	hwan jeon **환전** 換.怎.
吻我	ppo ppo **뽀뽀** 伯.伯.	預約	ye ya (kae) **예약** 也.牙.（給.）
簽名	sa in **사인** 莎.音.	打電話	jeon hwa **전화** 怎.拿.

句型25　請（做）＋○○（一點）。

hae　ju　se　yo
形容詞 ＋ 해 주세요.

黑　阻　塞　喲

請算我便宜一些。	ssa ge hae ju se yo ## 싸게 해 주세요. 撒.給.黑.阻.誰.喲.
請快一點。	ppal li hae ju se yo ## 빨리 해 주세요. 八.里.黑.阻.誰.喲.

換個單字念念看

（用力）輕	ya ka ge ## 약하게 牙.卡.給.	弄大	keu ge ## 크게 苦.給.	
（用力）重	gang ha ge ## 강하게 剛.哈.給.	個別處理	tta ro tta ro ## 따로 따로 大.樓.大.樓.	
放辣	maep ge ## 맵게 沒.給.	安靜	jo yong hi ## 조용히 抽.用.衣.	

句型26　請（做）＋○○（一點）。

hae ju se yo
形容詞＋名詞＋해 주세요.

黑　阻　塞　喲

請說慢一點。	cheon cheon hi mar hae ju se yo **천천히 말해 주세요.** 窮.窮.衣.馬.黑.阻.誰.喲.
請包得可愛一點。	ye ppeu ge po jang hae ju se yo **예쁘게 포장해 주세요.** 也.不.給.普.張.黑.阻.誰.喲.

換個單字念念看

再一次／ 確認	da si han beon ／ hwa gin **다시 한번／확인** 打.細.韓.朋.／化.金.		簡單／ 說明	gan dan ha ge ／ seol myeong **간단하게／설명** 桿.蛋.拿.給.／手.妙.
乾淨／ 打掃	kkae kkeu si ／ cheong so **깨끗이／청소** 給.苦.細.／窮.嫂.		等一下／ 打電話	na jung e ／ jeon hwa **나중에／전화** 娜.中.愛.／怎.化.
慢／開車	cheon cheon hi ／ un jeon **천천히／운전** 窮.窮.衣.／運.怎.		快點／ 配送	ppal li ／ bae da (rae) **빨리／배달** 八.里.／配.大.(雷.)

句型27 我想＋○○。

go　si peo yo
動詞고 + 싶어요.

姑　　細　波　喲

我想吃。	meok go si peo yo **먹고 싶어요.** 摸.姑.細.波.喲.
我想去。	ga go si peo yo **가고 싶어요.** 卡.姑.細.波.喲.

換個單字念念看

買	sa go **사고** 莎.姑.		回去	do ra ga go **돌아가고** 土.拉.卡.姑.
說話	i ya gi ha go **이야기하고** 衣.呀.幾.哈.姑.		玩	nol go **놀고** 農.姑.
見面	man na go **만나고** 滿.娜.姑.		回家	ji be ga go **집에 가고** 幾.杯.卡.姑.

句型28 我想＋○○。

名詞 ＋ 動詞고 ＋ 싶어요.
　　　　　　　go　　si peo yo
　　　　姑　　　細 波 喲

我想吃泡菜。

gim chi reur meok go si peo yo
김치를 먹고 싶어요.
金母.氣.魯.摸.姑.細.波.喲.

我想去韓國。

han gu ge ga go si peo yo
한국에 가고 싶어요.
韓.姑.給.卡.姑.細.波.喲.

換個單字念念看

包包／買	ga bang eur ／ sa go **가방을／사고** 卡.胖.兒.／莎.姑.	臉部／按摩	eol gu ／ ma sa ji ha go **얼굴／마사지하고** 偶而.骨.／馬.莎.奇.哈.姑.
流利／說得	ja yu rop ge ／ mal ha go **자유롭게／말하고** 叉.友.樓普.給.／馬.拉.姑.	家／回	ji be ／ do ra ga go **집에／돌아가고** 幾.杯.／土.拉.卡.姑.
她／見	geu nyeo reu ／ man na go **그녀를／만나고** 哭.牛.魯.／滿.娜.姑.	電玩／玩	ge i meur ／ ha go **게임을／하고** 給.衣.某爾.／哈.姑.

句型29 ○○＋如何呢？

eo ddae yo
名詞＋어때요?
喔　跌　喲

▶▶ 註：這個句型中，括號裡的是助詞「名詞（는／은）＋어때요」。「는／은」是表示主詞的助詞。以母音收尾的詞用「는」；以子音收尾的詞用「은」。在句中表示，強調、對比、主觀的。

身體狀況如何呢？	yo jeum eo ttae yo ## 요즘 어때요? 喲.酒母.喔.跌.喲.
烤肉如何呢？	bul go gi neun eo ttae yo ## 불고기는 어때요? 普.姑.給.嫩.喔.跌.喲.

換個單字念念看

天氣	nal ssi neun ## 날씨는 那兒.西.嫩.		味道	ma seun ## 맛은 馬.孫.
領帶	nek ta i neun ## 넥타이는 內.她.衣.嫩.		韓國	han gu geun ## 한국은 韓.姑.滾.
旅行	yeo haeng eun ## 여행은 喲.狠.運.		星期日	i ryo i reun ## 일요일은 伊.溜.衣.論.

Step
1
韓國人最愛用的句型

Step
2
韓國人最愛用的寒暄語

Step
3
旅遊會話

句型30　可以＋○○嗎？

r　　eur su　　 i　sseo yo
動詞ㄹ／을수＋있어요?

兒　　烏樹　　衣 手 喲

▶▶ 註：「語幹末是母音或收尾音為ㄹ＋ㄹ수 있어요?」／「語幹末是子音＋을수 있어요?」

可以說（韓語）嗎？	han gu geo har su i sseo yo **한국어 할 수 있어요?** 韓.庫.勾.哈兒.樹.衣.手.喲.
可以碰面嗎？	man nar su i sseo yo **만날 수 있어요?** 罵.那兒.樹.衣.手.喲.

換個單字念念看

搭乘	tar su **탈 수** 塔兒.樹.	保管	mat gir su **맡길 수** 馬.幾兒.樹.
修改	go chir su **고칠 수** 姑.妻兒.樹.	唸	il geur su **읽을 수** 憶.古兒.樹.
郵寄	bo naer su **보낼 수** 普.內兒.樹.	吃	meo geur su **먹을 수** 末.古兒.樹.

句型31 可以＋○○嗎？

名詞＋動詞ㄹ／을수＋있어요?
(r　eur su　i sseo yo)
兒　烏樹　衣 手 喲

會說韓語嗎？	han gu geo reur har su i sseo yo **한국어를 할 수 있어요?** 韓.姑.勾.魯.哈兒.樹.衣.手.喲.
有辦法便宜買嗎？	ssa ge sar su i sseo yo **싸게 살 수 있어요?** 沙.給.沙兒.樹.衣.手.喲.

換個單字念念看

卡／刷	ka deu／sseur su **카드／쓸 수** 卡.都.／思兒.樹.	接／我	ma jung／na or su **마중／나올 수** 馬.中.／娜.喔兒.樹.
洗衣機／洗	se tak gi ro／ppar su **세탁기로／빨 수** 塞.他.幾.樓.／八兒.樹.	八點／來	yeo deol si e／or su **여덟시에／올 수** 有.毒.細.也.／喔兒.樹.
巴士／坐	beo seu ro／gar su **버스로／갈 수** 波.司.樓.／卡兒.樹.	打／國際電話	guk je jeon hwa／har su **국제전화／할 수** 哭.姊.怎.化.／哈兒.樹.

Step
1
韓國人最愛用的句型

Step
2
韓國人最愛用的寒暄語

Step
3
旅遊會話

句型32　不會（不可以）＋○○。

動詞지 + 못 해요.
ji　　mo tae yo
雞　摸　貼　喲

不會寫。	sseu ji mo tae yo **쓰지 못 해요.** 書.雞.摸.貼.喲.
不會唸。	ik ji mo tae yo **읽지 못 해요.** 伊.雞.摸.貼.喲.

換個單字念念看

可以去	ga ji **가지** 卡.雞.	可以進去	deu reo ga ji **들어가지** 都.樓.卡.雞.
可以吃	meok ji **먹지** 末客.雞.	可以等	gi da ri ji **기다리지** 幾.打.里.雞.
可以睡	jam ja ji **잠자지** 掐.叉.雞.	可以做	man deul ji **만들지** 慢.毒.雞.

句型33　不會＋○○。

名詞＋動詞지＋못 해요.
ji　mo tae yo
雞　摸　貼　喲

沒辦法搭公車去。	beo seu ro neun ga ji mo tae yo **버스로는 가지 못 해요.** 波.司.樓.嫩.卡.雞.摸.貼.喲.
不會說韓語。	han gu geo neun ha ji mo tae yo **한국어는 하지 못 해요.** 韓.姑.勾.嫩.哈.雞.摸.貼.喲.

換個單字念念看

開(車)/ 可以	un jeon / ha ji **운전／하지** 運.怎.／哈.雞.		辣的/ 可以吃	mae wo seo / meok ji **매워서／먹지** 每.我.瘦.／<u>末客</u>.雞.
酒/可 以喝	su reun / ma si ji **술은／마시지** 樹.論.／馬.細.雞.		行李/ 可以提	ji meur / deul ji **짐을／들지** 吉.姆.／土.雞.
貴的/ 可以買	bi ssa seo / sa ji **비싸서／사지** 皮.沙.瘦.／莎.雞.		理解/ 可以	i hae / ha ji **이해／하지** 衣.黑.／哈.雞.

句型34 我丟了＋○○。

eul reul bun sil haesseo yo
動詞을／를＋분실했어요.
爾　魯　噴吸淚手喲

我丟了鑰匙。	yeol soe reur bun sil hae sseo yo **열쇠를 분실했어요.** 友.塞.魯.噴.吸.淚.手.喲.
我丟了錢包。	ji ga beur bun sil hae sseo yo **지갑을 분실했어요.** 奇.甲.普.噴.吸.淚.手.喲.

換個單字念念看

手提包	ga bang eur **가방을** 卡.胖.兒.	雨傘	wu sa neur **우산을** 屋.沙.魯.
護照	yeo gwo neur **여권을** 喲.郭.努兒.噴.吸.淚.手.喲.	手機	hyu dae jeon hwa reur **휴대전화를** 休.貼.怎.化.魯.
行李	ji meur **짐을** 幾.門兒.	外套	ko teu reur **코트를** 科.的.魯.

MEMO

Step 2
韓國人最愛用的寒暄語

memo

先安排讀書計劃學得更快喔！

早安！	an nyeong **안녕!** 安.牛恩.
早安！你好！	an nyeong ha se yo **안녕하세요?** 安.牛恩.哈.誰.喲.
晚安！	an nyeong hi ju mu se yo **안녕히 주무세요.** 安.牛恩.衣.阻.木.誰.喲.
請好好休息！	pyeon hi swi se yo **편히 쉬세요.** 騙.衣.書.誰.喲.
好久不見了！	o raen ma ni gu na **오랜만이구나.** 喔.蓮.馬.妮.姑.那.
您最近可好！	geon gang ha se yo **건강하세요?** 滾.幹.哈.誰.喲.

② 道別

再見！慢走！ （對離開的人說）	an nyeong hi ga se yo **안녕히 가세요.** 安.牛恩.衣.卡.誰.喲.
再見！一切平安！ （對留下的人說）	an nyeong hi ge se yo **안녕히 계세요.** 安.牛恩.衣.給.誰.喲.
（明天）再見！	nae ir tto bwa yo **(내일)또 봐요.** 內.憶兒.都.拔.喲.
再見面吧！	tto man nap si da **또 만납시다.** 都.罵.拿布.細.打.
多保重！	geon gang ha se yo **건강하세요.** 滾.幹.哈.誰.喲.
我會和你聯絡。	yeon ra kal ge yo **연락할게.** 用恩.拉.卡兒.給.喲.

45

是。	ne／ye **네.／예.** 內.／也.
不是。	a nyo／a ni yo **아뇨.／아니요.** 阿.牛.／阿.妮.喲.
是的。	ne geu reot seum ni da **네, 그렇습니다.** 內.古.樓.師母.妮.打.
我知道了。	al ge sseo yo **알겠어요.** 阿兒.給.手.喲.
我不知道。	mo reu ge sseo yo **모르겠어요.** 母.路.給.手.喲.
是，麻煩啦！	ne bu ta kae yo **네, 부탁해요.** 內.樸.他.給.喲.
不，不用了！	a ni yo dwae sseo yo **아니요, 됐어요.** 阿.妮.喲.腿.手.喲.

謝謝。	go ma wo yo 고마워요. 夠.馬.我.喲.
非常感謝。	gam sa ham ni da 감사합니다. 卡母.莎.航.妮.打.
我很高興!	gi ppeo yo 기뻐요. 幾.撥.喲.
我很快樂!	jeul geo wo yo 즐거워요. 仇.勾.我.喲.
您辛苦啦!	su go ha syeo sseo yo 수고하셨어요. 樹.夠.哈.羞.手.喲.
真是幫了大忙, 謝謝。	sa ra sseo yo jeong mar go ma wo yo 살았어요! 정말 고마워요! 沙.拉.手.喲.窮.馬.夠.馬.我.喲.

⑤ 道歉

對不起。	mi an hae yo **미안해요.** 迷.安.黑.喲.
請原諒我。	yong seo hae ju se yo **용서해 주세요.** 永.瘦.黑.阻.誰.喲.
非常抱歉。	joe song ham ni da **죄송합니다.** 吹.鬆.航.妮.打.
給您添麻煩了。	pye ma ni kki cheot seum ni da **폐 많이 끼쳤습니다.** 評.馬.妮.忌.秋.師母.妮.打.
失禮了。	sil le haet seum ni da **실례 했습니다.** 吸.淚.內.師母.妮.打.
沒關係的。	gwaen cha na yo **괜찮아요.** 跪.恰.那.喲.

⑥ 請問一下

請問一下。	mwo jom mu reo bwa do dwae yo **뭐 좀 물어봐도 돼요?** 某.從.木.樓.拔.土.腿.喲.
是,有什麼事嗎?	ne mal sseum ha se yo **네, 말씀하세요.** 內.馬.順.哈.誰.喲.
這是什麼?	i geo si mwo ye yo **이것이 뭐예요?** 衣.勾.細.某.也.喲.
現在幾點呢?	ji geum myeot si ye yo **지금 몇시예요?** 奇.滾.司.細.也.喲.
車站在那裡?	yeo geun eo di ye yo **역은 어디예요?** 有.滾.喔.低.也.喲.
吃過飯了嗎?	bab meo geo sseo yo **밥 먹었어요?** 旁.末.勾.手.喲.

7800韓元。	chil cheon pal bae gwon im ni da **칠천팔백원입니다.** 七.窮.怕兒.配.鍋.因.妮.打.
給我一人份。	i rin bun ju se yo **일인분 주세요.** 衣.音.噴.阻.誰.喲.
給我9個橘子。	gyur a hop gae ju se yo **귤 아홉개 주세요.** 舊.阿.虎.給.阻.誰.喲.
給我兩瓶啤酒。	maek ju du byeong ju se yo **맥주 두병 주세요.** 妹.阻.讀.蘋.阻.誰.喲.
20歲。	seu mu sa ri e yo **스무살이에요.** 司.木.莎.里.也.喲.
三位。	se myeong i ye yo **세명이에.** 誰.妙.衣.也.喲.

請幫我介紹一下。	so gae hae ju se yo **소개해 주세요.** 嫂.給.黑.阻.誰.喲.
請給我這本書。	i chae geur ju se yo **이 책을 주세요.** 衣.切.古兒.阻.誰.喲.
請寫在這裡。	yeo gi e sseo ju se yo **여기에 써 주세요.** 有.幾.也.手.阻.誰.喲.
請幫我帶路。	an nae hae ju se yo **안내해 주세요.** 安.內.黑.阻.誰.喲.
請等一下。	jam kkan man yo **잠깐만요.** 掐.看.罵.喲.
請吃。	deu se yo **드세요.** 的.誰.喲.

⑨ 自我介紹 1

Track ◎ **15**

初次見面。	cheo eum boep get seum ni da **처음 뵙겠습니다.** 醜.恩.陪.給.師母.妮.打.
很高興見到您。	man na seo ban gap seum ni da **만나서 반갑습니다.** 罵.那.瘦.胖.卡普.師母.妮.打.
我叫○○。	jeo neun ○○ ra go ham ni da **저는○○라고 합니다.** 走.嫩.○○.拉.夠.航.妮.打.
我來自○○。	○○ e seo wat seum ni da **○○에서 왔습니다.** ○○.也.瘦.娃.師母.妮.打.
我住在○○。	○○ e sam ni da **○○에 삽니다.** ○○.也.山母.妮.打.
我第一次到韓國。	han gu geun cheo eum im ni da **한국은 처음입니다.** 韓.姑.滾.醜.恩.因.妮.打.

⑩ **自我介紹 2**

我是上班族。	jeo neun hoe sa wo nim ni da **저는 회사원 입니다.** 走.嫩.會.莎.我.你母.妮.打.
你來自哪個國家？	eo neu na ra e seo wa sseo yo **어느 나라에서 왔어요?** 喔.呢.那.拉.也.瘦.娃.手.喲.
我還沒結婚。	jeo neun gyeol hon an hae sseo yo **저는 결혼 안했어요.** 走.嫩.勾兒.紅.安.黑.手.喲.
請告訴我電話號碼。	jeon hwa beon ho reur al lyeo ju se yo **전화번호를 알려주세요.** 怎.化.崩.呼.路.阿兒.溜.阻.誰.喲.
請告訴我網址。	i me ir ju so reur al lyeo ju se yo **이메일 주소를 알려주세요.** 衣.梅.憶兒.阻.嫂.路.阿兒.溜.阻.誰.喲.
請多多指教。	jar bu ta kam ni da **잘 부탁합니다.** 彩兒.樸.他.看.妮.打.

MEMO

day 2　○ 先練習一下　○ 再跟韓國人聊天

Step 3

旅遊會話

memo   先安排讀書計劃學得更快喔！

① 在飛機上

句型 ○○＋在哪裡？

eo di ye yo
名詞＋어디예요?

喔 低 也 喲

換個單字念念看

我的座位	je ja ri neun **제 자리는** 借.叉.里.嫩		洗手間	hwa jang si ri **화장실이** 化.張.細.里.
商務客艙	bi jeu ni seu keul lae seu **비즈니스 클래스** 比.子.妮.思.苦兒.雷.思.		緊急出口	bi sang gu **비상구** 比.商.姑.
經濟艙	i ko no mi keul lae seu neun **이코노미클래스는** 衣.庫.努.米.苦兒.雷.思.嫩.			

 **例句**

可以借過一下嗎？	jom ji na ga ge hae ju si get seum ni kka **좀 지나가게 해주시겠습니까?** 從.吉.那.卡.給.黑.阻.細.給.師母.妮.嘎.
可以換一下座位嗎？	ja ri jom ba kkwo ju sir su eop seul kka yo **자리 좀 바꿔주실 수 없을까요?** 插.里.從.爬.鍋.阻.吸.樹.歐不.誰.嘎.喲.

Step
1
韓國人最愛用的句型

Step
2
韓國人最愛用的寒暄語

Step
3
旅遊會話

可以坐這個座位嗎？	i ja ri e an ja do doe na yo **이 자리에 앉아도 되나요?** 衣.叉.里.也.安.叉.土.腿.那.喲.
行李放不進去。	ji mi an deu reo ga yo **짐이 안 들어가요.** 幾.米.安.都.樓.哥.喲.
我的椅子可以往後躺嗎？	si teu reur jom nu pyeo do dwae yo **시트를 좀 눕혀도 돼요?** 細.特.魯.從.努.票.土.腿.喲.
可以去上廁所嗎？	hwa jang si re ga do doel kka yo **화장실에 가도 될까요?** 化.張.細.涙.卡.土.腿.嘎.喲.

◆ Topic1 · 一起飛去韓國啦！

❷ 問空姐　　　　　　　　　　　　　Track ◎ **18**

句型　　**給我＋○○。**

ju se yo
名詞 + 주세요.
阻　塞　喲

換個單字念念看

飲料	eum ryo su **음료수** 恩母.料.樹	咖啡	keo pi jom **커피 좀** 卡.匹.從.

57

	dam nyo jom			chi ki neur
毛毯	**담요 좀** 談.牛.從.		雞肉	**치킨을** 氣.忌.奴.
	ji do jom			wa i neur
地圖	**지도 좀** 吉.土.從.		葡萄酒	**와인을** 娃.衣.奴.

 例句

請給我飲料。	eum nyo su ju se yo **음료수 주세요.** 恩母.牛.樹.阻.誰.喲.	
請給我白葡萄酒。	white wa i neur ju se yo **화이트 와인을 주세요.** 化.伊.特.娃.音.奴.阻.誰.喲.	
我要牛肉。	so go gi ro bu ta kae yo **소고기로 부탁해요.** 嫂.姑.給.樓.樸.他.給.喲.	
您要喝紅茶嗎？	hong cha deu si ge sseo yo **홍차 드시겠어요?** 紅.擦.都.細.給.手.喲.	
請再給我一杯。	han jan deo ju se yo **한잔 더 주세요.** 韓.餐.投.阻.誰.喲.	

Step
1
韓國人最愛用的句型

Step
2
韓國人最愛用的寒暄語

Step
3
旅遊會話

請給我毛巾。

dam nyo ju se yo
담요 주세요.
談.牛.阻.誰.喲.

➡ Topic1・ 一起飛去韓國啦！

③ 機上服務

Track ◎ **19**

句型	有＋○○＋嗎？

i sseo yo
名詞＋있어요?
衣　手　喲

換個單字念念看

報紙	sin mun 신문 心.悶.	暈車藥	meol mi yag 멀미약 末兒.米.牙.
英文雜誌	yeong eo jap ji 영어 잡지 用.喔.夾普.吉.	入境卡	ip guk ka deu 입국카드 衣樸.哭.卡.的.
感冒藥	gam gi yag 감기약 卡母.幾.牙.		

例句

給我入境卡。	ip guk ka deu ju se yo **입국카드 주세요.** 衣樸.哭.卡.的.阻.誰.喲.
我身體不舒服。	mo mi an jo a yo **몸이 안 좋아요.** 母.米.安.秋.阿.喲.
我肚子疼。	bae ga a pa yo **배가 아파요.** 配.卡.阿.怕.喲.
現在我們在哪裡？	ji geum eo di ye yo **지금 어디예요?** 吉.滾.喔.低.也.喲.
幾點到達呢？	myeot si e do cha kae yo **몇시에 도착해요?** 妙.細.愛.都.擦.給.喲.

◀ ④ **在入境海關**

▶ 您來訪的目的是什麼呢？

bang mun mok jeo gi mwo ye yo

방문목적이 뭐예요?

胖.悶.某.走.幾.某.也.喲.

句型 是＋○○。

ye yo **i** **e yo**
名詞＋예요.／名詞（이）＋에요.
也 喲 衣 愛 喲

換個單字念念看

開會	hoe ui **회의** 會.烏衣.	工作	i ri **일이** 衣.里.
觀光	gwan gwang i **관광이** 光.狂.衣.	出差	chul jang i **출장이** 出.張.衣.
留學	yu ha gi **유학이** 友.哈.幾.	拜訪朋友	chin gu bang mu ni **친구방문이** 親.姑.胖.木.妮.

 **例句**

請讓我看一下護照
跟機票。

yeo gwon gwa ip guk ka deu reur bo yeo ju se yo

여권과 입국카드를 보여 주세요.

喲.滾.瓜.衣樸.哭.卡.的.魯.普.喲.阻.誰.喲.

請讓我看一下護照。	pae seu po teu reur bo yeo ju se yo **패스포트를 보여 주세요.** 配.思.普.特.路.普.有.阻.誰.喲.
好的，請。	ne yeo gi i sseo yo **네, 여기 있어요.** 內.由.幾.衣.手.喲.
請在八號窗口前排隊。	pal beon chang gu e ju reul seo ju se yo **팔번 창구에 줄을 서 주세요.** 怕兒.崩.搶.姑.也.阻.魯.瘦.阻.誰.喲.
請看這邊的照相機。	ka me ra reur bwa ju se yo **카메라를 봐 주세요 .** 卡.梅.拉.路.拔.阻.誰.喲.
請將食指按在這裡。 （指紋採樣時）	jip ge son ga ra geur yeo gi e ol lyeo ju se yo **집게 손가락을 여기에 올려 주세요.** 幾.給.松.卡.拉.古兒.有.幾.也.喔.溜.阻.誰.喲.
請看這邊。（存錄個 人臉部影像資料時）	i jjo geur bwa ju se yo **이쪽을 봐 주세요.** 衣.秋.古兒.拔.阻.誰.喲.
好的，這樣可以了。	dwae sseo yo **됐어요.** 腿.手.喲.

⑤ 入境的目的

Track ◎ 21

Step
1
韓國人最愛用的句型

Step
2
韓國人最愛用的寒暄語

Step
3
旅遊會話

▶ 您預定停留多久？

eol ma dong an che ryu ha sir ye jeong i e yo

얼마동안 체류하실 예정이에요?

偶而.馬.同.安.切.流.哈.吸.也.窮.伊.愛.喲.

句型 1   是＋○○。

名詞＋예요.／名詞（이）＋에요.

ye yo 也 喲 ／ i 衣　 e yo 愛 喲

換個單字念念看

五天	o il ga ni 오일간이 喔.憶兒.卡.妮.		一個月	il gae wo ri 일개월이 憶兒.給.我.里.
三天	sa mil ga ni 삼일간이 莎.密兒.卡.妮.		十天	si bil ga ni 십일간이 細.比.卡.妮.
一星期	il ju i ri 일주일이 憶兒.阻.衣.里.			

例句

你從事什麼工作？	ji geo bi mwo ye yo 직업이 뭐예요? 幾.勾.比.某.也.喲.

句型 2　（我）是＋○○。

名詞＋예요．／名詞（이）＋에요．
ye yo / i e yo
也 喲　　　衣　愛 喲

換個單字念念看

家庭主婦	ju bu 주부 阻.樸.	老師	seon saeng ni mi 선생님이 松.先.你.米.
醫生	ui sa 의사 烏衣.莎.	公司職員	hoe sa wo ni 회사원이 會.莎.我.妮.
學生	hak saeng i 학생이 哈.先.衣.		

 例句

一起的嗎？	il haeng i e yo 일행이에요? 憶兒.連.衣.也.喲.
住在哪裡呢？	eo di e che ryu ham ni kka 어디에 체류합니까? 喔.低.也.切.流.航.妮.嘎.

住在○○飯店。	○○ ho te re muk seum ni da ○○호텔에 묵습니다. ○○.呼.貼.淚.夢.<u>師母</u>.妮.打.
有東西要申報的嗎？	sin go har geo seun eop seo yo 신고할 것은 없어요. 心.姑.哈.勾.順.<u>歐不</u>.瘦.喲.
不，沒有。	a ni yo eop seo yo 아니요, 없어요. 阿.尼.喲.<u>歐不</u>.瘦.喲.
沒有，沒有什麼要申報的。	a ni o a mu geot do eop seo yo 아니오, 아무 것도 없어요. 阿.妮.喔.阿.木.勾.<u>土</u>.<u>歐不</u>.瘦.喲.
是日常用品跟禮物。	saeng hwar yong pum ha go seon mu ri e yo 생활용품하고 선물이에요. 先.<u>化兒</u>.用.撲母.哈.夠.松.木.里.也.喲.
我的行李沒有出來。	ji mi an na wa yo 짐이 안 나와요. 吉.米.安.娜.娃.喲.
請在這裡填寫聯絡地址。	i jjog e yeon rak cheo reur gi i pae ju se yo 이쪽에 연락처를 기입해 주세요. 衣.秋.也.又.拉.醜.路.幾.衣.配.阻.誰.喲.

我想換錢。	hwan jeon eur ha go si peun de yo 환전을 하고 싶은데요. 換.怎.額.哈.夠.細.噴.爹.喲.
今天的匯率是多少呢？	o neu re hwan yu reun eol ma ye yo 오늘의 환율은 얼마예요? 喔.呢.涙.換.友.輪恩.偶而.馬.也.喲.
有多少韓元呢？	won hwa ro eol ma ba kkul su i sseo yo 원화로 얼마 바꿀수 있어요? 旺.化.樓.偶而.馬.爬.哭兒.樹.衣.手.喲.
幫我加些零錢。	jan don do seo kkeo ju se yo 잔돈도 섞어 주세요. 餐.洞.土.瘦.哥.阻.誰.喲.
幫我加些硬幣。	dong jeon do seo kkeo ju se yo 동전도 섞어 주세요. 同.怎.土.瘦.哥.阻.誰.喲.
請給我看一下護照。	yeo gwon bo yeo ju se yo 여권 보여 주세요. 有.鍋.普.有.阻.誰.喲.

① 住宿登記

Track ◎ **22**

句型 ○○＋多少（錢）呢？

eol ma ye yo
數量＋얼마예요?

偶而 馬 也 喲

換個單字念念看

一晚	il ba ge 일박에 憶兒.爬.給.	單人床房間	sing geu reun 싱글은 性.古.輪恩.
一個人	han sa ram 한사람 韓.莎.郎.	這個房間	i bang eun 이 방은 衣.胖.運.
兩張單人床房間	teu wi neun 트윈은 特.為.嫩.	總統套房	seu wi teu ru meun 스위트 룸은 思.為.特.魯.運.
一張雙人床房間	deo beu reun 더블은 朵.笨.輪恩.	兩個人	du ri seo 둘이서 讀.里.瘦.

例句

我要住宿登記。	che keu in hae ju se yo 체크인 해 주세요. 切.苦.音.黑.阻.誰.喲.	

我有預約。	ye ya kae sseo yo **예약했어요.** 也.牙.給.手.喲.
我已經預約好了， 叫○○。	ye ya kan○○ im ni da **예약한 ○○입니다.** 也.牙.刊.○○.因.妮.打.
您貴姓大名。	seong ha mi mwo ye yo **성함이 뭐예요?** 松.哈.米.某.也.喲.
一晚多少錢？	il ba ge eol ma ye yo **일박에 얼마예요?** 憶兒.爬.給.偶而.馬.也.喲.
有附早餐嗎？	a chim sik sa po ham dwae i sseo yo **아침식사 포함돼 있어요?** 阿.七母.西.莎.普.航.腿.衣.手.喲.
早餐幾點開始呢？	a chim sik sa neun myeot si bu teo hae yo **아침식사는 몇 시부터해요?** 阿.七母.西.莎.嫩.妙.細.樸.拖.黑.喲.
幾點退房呢？	che keu a u seun myeot si ye yo **체크아웃은 몇 시예요?** 切.苦.阿.無.順.妙.細.也.喲.

Step
1
韓國人最愛用的句型

Step
2
韓國人最愛用的寒暄語

Step
3
旅遊會話

| 我要退房。 | che keu a u tae ju se yo
체크아웃해 주세요.
切.苦.阿.惡.貼.阻.誰.喲. |

→ Topic2・ 飯店住宿

 ② 享受服務

Track ◎ 23

句型 請＋○○。

名詞＋動詞（아／어／해）＋주세요.
$\quad\quad\quad\quad\quad$ a $\quad$ eo $\quad$ he $\quad\quad\quad$ ju se yo
阿　喔　哈　　阻 塞 喲

換個單字念念看

熨斗／借我	da ri mi reur／bil lyeo 다리미 (를) ／빌려 打.里.米.路./比.溜.
行李／搬運	ji meur／nal la 짐(을)／ 날라 吉.門兒./那.拉.
地方／告訴我	jang so reur／ga reu chyeo 장소 (를) ／ 가르쳐 張.嫂.路./卡.路.臭.
使用方法／教	sa yong beo beur／ga reu chyeo 사용법(을)／ 가르쳐 莎.喲.用.破.布兒./卡.路.臭.

 例句

可以幫我保管貴重物品嗎？	gwi jung pu meur mat gir su i sseul kka yo **귀중품을 맡길 수 있을까요?** 桂.中.噴.門兒.馬.幾.樹.乙.思.嘎.喲.
我想要寄放行李。	ji meur mat gi go si peun de yo **짐을 맡기고 싶은데요.** 吉.門兒.馬.幾.夠.細.噴.爹.喲.
我要叫醒服務。	mo ning kor bu ta kae yo **모닝콜 부탁해요.** 某.令.口.樸.他.給.喲.
請借我加濕器。	ga seup gi jom bil lyeo ju se yo **가습기 좀 빌려 주세요.** 卡.濕.氣.從.比.溜.阻.誰.喲.
請借我熨斗。	da ri mi bil lyeo ju se yo **다리미 빌려 주세요.** 打.里.米.比.溜.阻.誰.喲.
有會說中文的人嗎？	jung gu geo har jur a neun sa ram i sseo yo **중국어 할 줄 아는 사람 있어요?** 中.姑.勾.哈.珠兒.阿.能.莎.郎.衣.手.喲.
附近有便利商店嗎？	geun cheo e pyeo ni jeo mi i sseo yo **근처에 편의점이 있어요?** 滾.醜.也.騙.妮.走.米.衣.手.喲.

Step
1
韓國人最愛用的句型

Step
2
韓國人最愛用的寒暄語

Step
3
旅遊會話

可以使用網路嗎？	in teo net dwae yo **인터넷 돼요?** 音.拖.內.腿.喲.
附近有好吃的餐廳嗎？	geun cheo e ma si neun eum sik jeo mi i sseo yo **근처에 맛있는 음식점이 있어요?** 滾.醜.也.馬.細.嫩.恩.西.走.米.衣.手.喲.
幫我叫計程車。	taek si reur bul leo ju se yo **택시를 불러 주세요.** <u>貼客</u>.細.路.普.漏.阻.誰.喲.
緊急出口在哪裡？	bi sang gu neun eo di ye yo **비상구는 어디예요?** 皮.商.姑.能.喔.低.愛.喲.　EXIT

◆ **Topic2**・ 飯店住宿

 ③ 在飯店遇到麻煩　　Track ◎ **24**

句型　　請（幫我）＋○○。

eur　reur　　　　　a　eo　he　ju se yo
名詞（을／를）＋動詞（아／어／해）＋주세요.
　爾　　路　　　　　阿　喔　哈　　阻 塞 喲

換個單字念念看

房間／更換	bang eur／ba kkwo **방(을)／바꿔** 胖.額.／爬.鍋.	毛巾／更換	ta wo reur／ba kkwo **타월(을)／바꿔** 他.我.路.／爬.鍋.

71

床單／ 更換	si teu reur／ka ra **시트(를)／갈아** 細.特.路.／卡.拉.	醫生／ 叫喚	ui sa reur／bul leo **의사(를)／불러** 烏衣.莎.路.／普.漏.

 **例句**

怎麼了嗎？	mu seun i ri sim ni kka **무슨 일이십니까?** 木.順.衣.里.心.妮.嘎.
鑰匙不見了。	ki reu ri reo beo ryeo sseo yo **키를 잃어버렸어요.** 幾.魯.一.樓.波.留.手.喲.
熱水不夠熱。	mu ri neo mu mi ji geun han de yo **물이 너무 미지근한데요.** 母.里.娜.木.米.基.滾.韓.爹.喲.
廁所沒有水。	byeon gi e mu ri an na o neun de yo **변기에 물이 안 나오는데요.** 品.幾.也.母.里.安.娜.喔.能.爹.喲.
沒有熱水。	tteu geo un mu ri an na wa yo **뜨거운 물이 안 나와요.** 度.勾.恩.木.里.安.那.娃.喲.

電視打不開。	tel le bi jeo ni kyeo ji ji a na yo **텔레비전이 켜지지 않아요.** 貼.涙.比.走.妮.苛.吉.奇.阿.那.喲.
房間好冷。	bang i chu wo yo **방이 추워요.** 胖.衣.醋.我.喲.
隔壁的人很吵。	yeop bang i si kkeu reo un de yo **옆 방이 시끄러운데요.** 由.胖.衣.細.哭.了.恩.爹.喲.
幫我換別的房間。	da reun bang eu ro ba kkuo ju se yo **다른 방으로 바꿔 주세요.** 打.輪恩.胖.屋.樓.爬.郭.阻.誰.喲.
房間的電燈沒辦法 打開。	bang e bu ri an kyeo ji neun de yo **방에 불이 안 켜지는데요.** 胖.也.普.里.安.苛.基.能.爹.喲.
房間的燈打不開。	bu ri an kyeo jeo yo **불이 안 켜져요.** 普.利.安.苛.走.喲.

① 預約餐廳

Track ◎ **25**

句型	是＋○○。

ye yo   i   e yo

名詞＋예요.／名詞（이）＋에요.

也 喲   衣   愛 喲

換個單字念念看

今晚7點／兩位	o neur jeo nyeog il gop si／du myeong i **오늘 저녁 일곱시／두명 이** 喔.奴.走.內.憶兒.姑普.細.／讀.妙.衣.
明晚8點／四位	nae ir bam yeo deol si／ne myeong i **내일 밤 여덟시／네명 이** 內.憶兒.旁.有.毒.細.／內.妙.衣.
今天6點／三位	o neur yeo seot si／se myeong i **오늘 여섯시／세명 이** 喔.奴.有.搜.細.／誰.妙.衣.

 例句

我們有三個人，有位子嗎？	se myeong in de ja ri ga i sseo yo **세명인데, 자리가 있어요?** 誰.妙.音.爹.叉.里.卡.衣.手.喲.
要等多久？	eo neu jeong do gi da ryeo ya dwae yo **어느 정도 기다려야 돼요?** 喔.呢.窮.土.奇.打.溜.雅.腿.喲. 

我要窗邊的座位。	chang ga ja ri ga jo eun de yo **창가 자리가 좋은데요.** 搶.卡.叉.里.卡.秋.運.爹.喲.
有個室的嗎？	bang i i sseo yo **방이 있어요?** 胖.衣.衣.手.喲.
套餐要多少錢？	ko seu neun eol ma ye yo **코스는 얼마예요?** 科.司.能.偶而.馬.也.喲.

➜ **Topic3・** 我愛韓國料理

② **開始叫菜囉**

Track ◎ **26**

句型	麻煩（我要）＋○○。

pu ta kam ni da
名詞＋부탁합니다.
樸　他　看　你　打

換個單字念念看

	ye yak			gye san
預約	**예약** 也.牙.		算帳	**계산** 給.三.
七點	il gop si e **일곱시에** 憶兒.姑普.細.也.		確認	hwa gin **확인** 化.金.

| 快一點 | ppal li
빨리
巴.里. | 換錢 | hwan jeon
환전
換.怎. |

 例句

你好。	an nyeong ha se yo **안녕하세요.** 安.牛恩.哈.誰.喲.
歡迎光臨。	eo seo o se yo **어서 오세요.** 喔.瘦.喔.誰.喲.
有不辣的料理嗎？	maep ji aneun geo i sseo yo **맵지않은 거 있어요?** 梅.吉.安.運.勾.衣.手.喲.
有的。	ne i sseo yo **네, 있어요.** 內.衣.手.喲.
麻煩我要點菜。	ju mu neur bu ta kam ni da **주문을 부탁합니다.** 阻.木.奴.樸.他.看.妮.打.

Step
1
韓國人最愛用的句型

Step
2
韓國人最愛用的寒暄語

Step
3
旅遊會話

不要太辣。	deor maep ge hae ju se yo **덜 맵게 해주세요.** 嘟.梅.給.黑.阻.誰.喲.
給我熱毛巾。	mul su geon ju se yo **물수건 주세요.** 母.樹.滾.阻.誰.喲.
給我筷子。	jeot ga ra geur ju se yo **젓가락을 주세요.** 走特.卡.拉.古兒.阻.誰.喲.
給我一套筷子 湯匙組。	jeot ga ra ka go su jeo ju se yo **갓가락하고 수저 주세요.** 走特.卡.拉.卡.夠.樹.走.阻.誰.喲.

➔ **Topic3・ 我愛韓國料理**

③ 我要點這個

Track ◎ 27

句型	有＋○○＋嗎？

i sseo yo
名詞＋있어요？
衣　手　喲

換個單字念念看

	gim chi jji gae			han jeong sig
泡菜火鍋	**김치찌개** 金母.氣.飢.給.		韓國定食	**한정식** 韓.窮.細.幾.

拉麵	ra myeo n **라면** 拉.麵.		便當	do si rag **도시락** 土.細.拉幾.
韓式刀 削麵	kal guk su **칼국수** 卡兒.哭.樹.		韓國拌飯	bi bim bab **비빔밥** 比.冰.爬比.

 例句

服務生。	jeo gi yo **저기요.** 走.給.喲
我想點菜。	yeo gi ju mun ba deu se yo **여기 주문 받으세요.** 由.幾.阻.悶.爬.的.誰.喲.
我想點菜。	ju mun hal kke yo **주문 할께요.** 阻.悶.哈兒.給.喲.
給我看菜單。	me nyu reur bo yeo ju se yo **메뉴를 보여 주세요.** 梅.牛.魯.普.喲.阻.誰.喲.
有什麼推薦的？	jal ha neun ge mwo jo **잘하는 게 뭐죠?** 洽.拉.能.給.某.酒.

我想吃韓國料理。	han gung yo ri ga meok go si peo yo **한국요리가 먹고 싶어요.** 韓.宮.有.里.卡.摸.夠.細.波.喲.
我想吃道地的烤肉跟泡菜。	jeon tong je gin bul go gi wa gim chi reur meok go si peo yo **전통적인 불고기와 김치를 먹고 싶어요.** 怎.痛.姊.金.普.夠.幾.娃.金母.氣.路.摸.夠.細.波.喲.
什麼最好吃？	mwo ga je ir ma si sseo yo **뭐가 제일 맛있어요?** 某.卡.姊.憶兒.馬.西.手.喲.
什麼好吃？	mwo ga ma si sseo yo **뭐가 맛있어요?** 某.卡.馬.西.手.喲.
這是什麼料理？	i geon mu seun yo ri ye yo **이건 무슨 요리예요?** 衣.滾.木.順.喲.里.也.喲.
一樣的東西，給我們兩個。	ga teun geol lo dur ju se yo **같은 걸로 둘 주세요.** 卡.吞.勾.樓.土.阻.誰.喲.
給我這個。	i geol lo ju se yo **이걸로 주세요.** 衣.勾.樓.阻.誰.喲.

給我跟那個一樣 的東西。	jeo geot gwa ga teun geol lo ju se yo **저것과 같은 걸로 주세요.** 走.勾.瓜.哥.吞.狗.樓.阻.誰.喲.
韓國烤肉三人份。	bul go gi sa min bun ju se yo **불고기 3인분 주세요.** 普.夠.幾.莎.敏.噴.阻.誰.喲.
我要 C 定食。	jeo neun jeong sig C ro hal ge yo **저는 정식C로 할게요.** 走.能.窮.西哥.西.樓.哈.給.喲.
我不要太辣。	deor maep ge hae ju se yo **덜 맵게 해주세요.** 嘟.梅.給.黑.阻.誰.喲.
您咖啡要什麼時 候用呢？	keo pi neun eon je deu si ge sseo yo **커피는 언제 드시겠어요?** 口.匹.能.恩.姊.毒.細.給.手.喲.
麻煩餐前（餐後） 幫我送上。	sik sa jeon (sik sa hu e) ju se yo **식사전(식사후에)주세요.** 西哥.沙.怎.（西哥.沙.呼.也.）阻.誰.喲.

④ 又辣又好吃

句型 我想＋○○。

go　si peo yo
動詞고＋싶어요.

姑　　細 波 喲

換個單字念念看

吃	meok go **먹고** 摸.夠.		搭乘	ta go **타고** 他.夠.
問	jil mun ha go **질문하고** 其.門.哈.夠.		看	bo go **보고** 普.夠.
去	ga go **가고** 卡.夠.			

例句

可以吃了嗎？	i je meo geo do doem ni kka **이제 먹어도 됩니까.** 衣.姊.末.勾.土.洞.妮.嘎.
還不可以。	a ji gyo **아직요.** 阿.吉.叫.

81

可以吃了。	meo geo do dwe yo **먹어도 돼요.** 末.勾.土.腿.喲.
開動啦！	jar meok get seum ni da **잘 먹겠습니다.** 彩兒.摸.給.師母.妮.打.
這要怎麼吃呢？	i geon eo tteo ke meo geo yo **이건 어떻게 먹어요?** 衣.滾.喔.豆.客.末.勾.喲.
這樣吃。	i reo ke meo geo yo **이렇게 먹어요.** 衣.樓.客.末.勾.喲.
好辣！	mae wo yo **매워요.** 每.我.喲.
好甜！	da ra yo **달아요.** 他.拉.喲.
好吃！	ma si sseo yo **맛있어요.** 馬.西.手.喲.

很燙。	tteu geo wo yo **뜨거워요.** 度.勾.我.喲.	Step **1** 韓國人最愛用的句型
很辣。	mae wo yo **매워요.** 每.我.喲.	Step **2** 韓國人最愛用的寒暄語
很苦。	neo mu sseo yo **너무 써요.** 娜.木.手.喲.	Step **3** 旅遊會話
很鹹。	neo mu jja yo **너무 짜요.** 娜.木.恰.喲.	
很酸。	neo mu syeo yo **너무 셔요.** 娜.木.羞.喲.	
味道普通。	geu jeo geu rae yo **그저 그래요.** 古.走.古.雷.喲.	
雖然很辣,但很好吃。	maep ji man ma si sseo yo **맵지만 맛있어요.** 梅.奇.慢.馬.西.手.喲.	

再來一碗。	deo ju se yo **더 주세요.** 朵.阻.誰.喲.	
不怎麼好吃。	byeol lo ma deop seo yo **별로 맛없어요.** 票.樓.馬.<u>朵不</u>.瘦.喲.	
我沒有點這個。	i geon an si kyeo sseo yo **이건 안 시켰어요.** 衣.滾.安.細.苛.手.喲.	

➜ **Topic3 · 我愛韓國料理**

⑤ 享受美酒

Track ◎ **29**

句型 ○○＋如何呢？

eo ddae yo

名詞 + 어 때요?

喔　跌　喲

換個單字念念看

一杯	han jan **한 잔** 韓.餐.	罐裝啤酒	kaen maek ju **캔맥주** 肯.妹.阻.

Step
1
韓國人最愛用的句型

Step
2
韓國人最愛用的寒暄語

Step
3
旅遊會話

韓國米酒	mak geol li 막걸리 忙.勾.里.	燒酒	so ju 소주 嫂.阻.
糯米酒	dong dong ju 동동주 同.同.阻.	清河酒	cheong ha 청하 窮.哈.

 例句

今天晚上，喝一杯吧！	o neur ba me han jan ha jyo 오늘 밤에 한잔 하죠. 喔.內.旁.梅.韓.將.哈.酒.
你能喝多少？	ju ryang eun eo neu jeong do ye yo 주량은 어느 정도예요? 阻.量.運.喔.呢.窮.土.也.喲.
兩瓶啤酒。	maek ju du byeong i e yo 맥주 두 병이에요 妹.阻.讀.蘋.衣.也.喲.
給我白（紅）葡萄酒。	white (re deu) wa in ju se yo 화이트(레드)와인 주세요. 化.伊.特（淚.都）娃.音.阻.誰.喲.
這個最棒！	i ge choe go ye yo 이게 최고예요! 衣.給.吹.勾.也.喲.

85

給我兩杯生啤酒。	saeng maek ju du jan ju se yo 생맥주 두 잔 주세요. 先.妹.阻.讀.餐.阻.誰.喲.
菜幫我適當配一下。	geu nyang a ra seo jeok dang hi ju se yo 그냥 알아서 적당히 주세요. 哭.娘.阿.拉.瘦.秋.當.衣.阻.誰.喲.

➡️ Topic3 · 我愛韓國料理

❻ 乾杯！

句型 給我＋○○。

ju se yo
名詞＋주세요.
阻 塞 喲

換個單字念念看

烏龍茶	u rong cha 우롱차 烏.龍.恰.	奶茶	mil keu ti 밀크 티 密兒.苦.提.
人參茶	in sam cha 인삼차 音.山母.恰.	咖啡	keo pi 커피 空.匹.
紅茶	hong cha 홍차 紅.恰.	果汁	ju seu 주스 阻.思.

柳橙汁	o ren ji ju seu 오렌지 주스 喔.連.吉.阻.思.		柚子茶	yu ja cha 유자차 友.叉.恰.
濃縮咖啡	e seu peu re so 에스프레소 也.思.普.淚.嫂.		冰紅茶	a i seu ti 아이스 티 阿.衣.思.提.
卡布奇諾	ka pu chi no 카푸치노 卡.噴.氣.努.		可可亞	ko ko a 코코아 庫.苦.阿.
可樂	kol la 콜라 口.拉.		水	mu reur 물을 木.路.

例句

乾杯！	geon bae 건배! 幹.配.	
祝我們大家身體健康！	u ri deu re geon gan geur wi ha yeo 우리들의 건강을 위하여! 屋.里.都.淚.幹.剛.兒.為.哈.喲.	
一口氣喝！喝！	won syat won syat 원샷!원샷! 旺.蝦.旺.蝦.	

這米酒，味道最棒了。	i mak geol li ma si kkeun nae ju neun de yo **이 막걸리 맛이 끝내 주는데요.** 衣.忙.勾.里.馬.西.滾.內.阻.能.爹.喲.
再來一杯如何？	han jan deo eo ttae yo **한잔 더 어때요?** 韓.餐.透.喔.爹.喲. 
再給我一瓶啤酒。	maek ju han byeong deo ju se yo **맥주 한 병 더 주세요.** 妹.阻.韓.蘋.朵.阻.誰.喲.
廁所在哪裡呢？	hwa jang si reun eo di ye yo **화장실은 어디예요?** 化.張.細.輪恩.喔.低.也.喲.

➜ **Topic3・ 我愛韓國料理**

 ❼ 在路邊攤　　　　　　　　　　　Track ◎ **31**

句型	**請給我＋○○。**

名詞 + ju se yo **주세요.**
阻 塞 喲

換個單字念念看

	o deng			tteok bo kki
關東煮	**오뎅** 喔.瞪.		辣炒年糕	**떡볶이** 都.普.忌.

Step
1
韓國人最愛用的句型

Step
2
韓國人最愛用的寒暄語

Step
3
旅遊會話

	dalk kko chi		du gae
雞肉串	닭꼬치.	兩個	두개
	它.扣.氣.		讀.給.

例句

歡迎光臨。	eo seo o se yo 어서 오세요. 喔.瘦.喔.誰.喲.
您要點什麼呢？	mwo deu ril kka yo 뭐 드릴까요? 某.的.立兒.嘎.喲.
辣炒年糕跟關東煮 請給我各一人份。	tteok bo kki ha go twi gim i lin bun ssig ju se yo 떡볶이하고 튀김 1인분씩 주세요. 都.普.忌.哈.夠.退.金母.憶.林.噴.細.阻.誰.喲.
加在一起嗎？	seo kkeo deu ryeo yo 섞어 드려요? 瘦.哥.的.留.喲.
不，請個別裝盤。	a ni yo tta ro tta ro ju se yo 아니요, 따로따로 주세요. 阿.妮.喲.大.樓.大.樓.阻.誰.喲.
是的，請加在一起。	ne seo kkeo ju se yo 네, 섞어 주세요. 內.瘦.哥.阻.誰.喲.

給我一個糖餅。	ho tteo ka na ju se yo **호떡 하나 주세요.** 呼.豆.卡.那.阻.誰.喲.	
鯛魚燒給我2000韓元份。	bun geo ppang i che nwo neo chi ju se yo **붕어빵 2,000원어치 주세요.** 噴.勾.幫.衣.餐.挪.娜.氣.阻.誰.喲.	
合您口味嗎？	i be ma jeu se yo **입에 맞으세요?** 衣.杯.馬.子.誰.喲.	
如何？好吃嗎？	eo ttae yo ma si sseo yo **어때요? 맛있어요?** 喔.爹.喲.馬.細.手.喲.	
非常好吃。	ne cham ma si sseo yo **네, 참 맛있어요.** 內.槍.馬.細.手.喲.	
可以坐這裡嗎？	yeo gi an ja do dwae yo **여기 앉아도 돼요?** 有.幾.安.叉.土.腿.喲.	
給我紫菜卷。	gim bab ju se yo **김밥 주세요.** 金.母.旁.阻.誰.喲.	

Step
1
韓國人最愛用的句型

Step
2
韓國人最愛用的寒暄語

Step
3
旅遊會話

再給我一點湯。	guk mur jom ju sil lae yo **국물 좀 주실래요?** 哭.木.從.阻.吸.雷.喲.
幫我包起來。	po jang hae ju se yo **포장해 주세요.** 普.張.黑.阻.誰.喲.

→ **Topic3·** 我愛韓國料理

 ⑧ 老板算帳

Track ◎ **32**

句型　麻煩（我要）＋○○。

pu ta kam ni da
名詞＋부탁합니다.
樸　他　看　你　打

換個單字念念看

算帳	ge san **계산** 給.三.		確認	hwa gin **확인** 化.金.
叫菜	ju mun **주문** 阻.悶.		到新村	sin chon kka ji **신촌까지** 心.求.嘎.吉.
換錢	hwan jeon **환전** 換.怎.		七點	il gop si e **일곱시에** 憶兒.姑普.細.也.

我吃得好飽。	bae ga bul leo yo **배가 불러요.** 配.卡.普.漏.喲.
已經吃不下去了。	deo i sang mot meok ge sseo yo **더 이상 못 먹겠어요.** 朵.衣.商.摸.摸.給.手.喲.
真的很好吃。	jeong mar ma si sseo yo **정말 맛있어요.** 窮.罵.馬.西.手.喲.
這請幫我打包。	i geo po jang hae ju se yo **이거 포장해 주세요.** 衣.科.普.張.黑.阻.誰.喲.
我要結帳。	gye san hae ju se yo **계산해 주세요.** 給.傘.黑.阻.誰.喲.
今天我請客喔！	o neu reun nae ga ssol ge yo **오늘은 내가 쏠게요!** 喔.呢.論.內.卡.搜.給.喲.
感謝招待。	jar meo geot seum ni da **잘 먹었습니다.** 才.末.勾.順.米.打.

多謝款待。	jar meo geo sseo yo **잘 먹었어요.** 彩兒.末.勾.手.喲.
我們各別算。	tta ro tta ro gye san hae ju se yo **따로따로 계산해 주세요.** 大.樓.大.樓.給.傘.黑.阻.誰.喲.
共35000圜。	sam ma no cheo nwo ni e yo **삼만 오천원이에요.** 三.滿.喔.窮.我.你.愛.喲.
你錢算錯了。	gye sa ni teul lyeo yo **계산이 틀려요.** 給.莎.妮.土兒.溜.喲.
可以刷卡嗎？	ka deu dwae yo **카드 돼요?** 卡.的.腿.喲.
要在那裡簽名呢？	eo di e ssa i neur ha myeon dwae yo **어디에 싸인을 하면 돼요?** 喔.低.也.沙.衣.奴.哈.免.腿.喲.
請給我收據。	yeong su jeun geur ju se yo **영수증을 주세요.** 用.樹.增.古兒.阻.誰.喲.

| 再見。 | an nyeong hi ga se yo
안녕히 가세요.
安.牛恩.衣.卡.誰.喲. | |

 → Topic4 ・ 旅遊觀光

① 觀光服務台   Track ◎ **33**

句型	○○＋在哪裡？

eun　　neun　　　　 eo di ye yo
名詞 (은／는) ＋어디예요?
運　　嫩　　　喔 低 也 喲

換個單字念念看

觀光服 務台	gwan gwang an nae so neun **관광 안내소는** 光.狂.安.內.嫂.嫩.	出口	chul gu ga **출구가** 出.姑.卡.
入口	ip gu ga **입구가** 衣樸.姑.卡.	購票處	mae pyo so neun **매표소는** 每.票.嫂.嫩.

 例句

| 給我觀光指南冊子。 | gwan gwang an nae seo ju se yo
관광 안내서 주세요.
光.狂.安.內.瘦.阻.誰.喲. |

有中文版的觀光 指南冊子嗎？	jung gu geo an nae seo i sseo yo **중국어 안내서 있어요?** 中.姑.勾.安.內.瘦.衣.手.喲.
我想要報名觀光團。	tu eo reur sin cheong ha go si peun de yo **투어를 신청하고 싶은데요.** 凸.喔.路.心.窮.哈.夠.細.噴.爹.喲.
給我觀光指南冊子。	gwan gwang an nae chek ja jom ju se yo **관광안내책자 좀 주세요.** 光.狂.安.內.切.叉.從.阻.誰.喲.
請告訴我值得看的 地方。	ga bol man han go seur ga reu chyeo ju se yo **가볼만한 곳을 가르쳐 주세요.** 卡.波.罵.韓.夠.思兒.卡.路.臭.阻.誰.喲.
哪裡好玩呢？	eo di ga jo a yo **어디가 좋아요?** 喔.低.卡.秋.阿.喲.
請告訴我最有名的 地方。	je ir yu myeong han go seur ga reu chyeo ju se yo **제일 유명한 곳을 가르쳐 주세요.** 姊.憶兒.友.妙.韓.夠.思兒.卡.路.臭.阻.誰.喲.
我聽說有慶典。	chuk je reur han da go deu reot neun de yo **축제를 한다고 들었는데요.** 阻.姊.魯.韓.打.姑.土.樓.能.爹.喲.

我想遊覽古蹟。	yu jeg ji reur do ra bo go si peo yo 유적지를 돌아보고 싶어요. 友.走客.吉.路.都.拉.普.夠.細.波.喲.
我在找汗蒸幕。	han jeung ma geur chat go it neun de yo 한증막을 찾고 있는데요. 韓.增.馬.古.茶.姑.乙.能.爹.喲.
請告訴我哪裡有當地的料理餐廳。	hyang to eum sik jeo meur ga reu chyeo ju se yo 향토 음식점을 가르쳐 주세요. 香.偷.恩.西.求.母.卡.漏.臭.阻.誰.喲.
費用要多少？	yo geu meun eol ma ye yo 요금은 얼마예요? 喲.古.悶.偶而.馬.也.喲.
麻煩大人兩個。	eo reun dur bu ta kae yo 어른 둘 부탁해요. 喔.輪.土.樸.他.給.喲.

② 有什麼觀光行程？　　　　　　　　Track ◎ **34**

句型　我想去＋○○。

名詞＋가고 싶어요.
ga go　si peo yo

卡　姑　細　波　喲

換個單字念念看

首爾	seo ur **서울** 瘦.兒.	新村	sin chon **신촌** 心.求.
永登浦	yeong deung po **영등포** 用.頓.普.	沃川	ok cheon **옥천** 沃.窮.
龍山	yong san **용산** 用.三.	慶州	gyeong ju **경주** 宮.阻.
清涼里	cheong ryang ri **청량리** 窮.量.里.	釜山	bu san **부산** 樸.三.

 **例句**

有什麼樣的觀光 行程呢？	eo tteon tu eo co seu ga i sseo yo **어떤 투어코스가 있어요?** 喔.通.凸.喔.口.斯.卡.衣.手.喲.

觀光費用有含午餐嗎？	jeom si meun gwan gwang yo geu me po ham dwae i sseo yo 점심은 관광요금에 포함돼 있어요? 窮.細.悶.光.狂.喲.滾.也.普.哈母.腿.衣.手.喲.
巴士可以到嗎？	beo seu ro gar su i sseo yo 버스로 갈 수 있어요? 破.思.樓.卡.樹.衣.手.喲.
觀光行程有含民俗村嗎？	tu eo e min sok cho ni po ham dwae i sseo yo 투어에 민속촌이 포함돼 있어요? 凸.喔.愛.敏.收.求.你.普.哈母.腿.衣.手.喲.
有含餐點嗎？	sik sa neun na wa yo 식사는 나와요? 西哥.莎.能.娜.娃.喲.
幾點出發？	chul ba reun myeot si ye yo 출발은 몇시예요? 糗.拔.論.妙.細.也.喲.
有多少自由行動時間？	ja yu si ga ni eol ma na i sseo yo 자유시간이 얼마나 있어요? 叉.友.細.趕.你.偶而.馬.娜.衣.手.喲.
幾點回來？	myeot si e do ra wa yo 몇시에 돌아와요? 免.細.愛.土.拉.娃.喲.

我想請導遊。	ga i deu ga pi ryo han de yo 가이드가 필요한데요. 卡.衣.的.卡.筆.六.韓.爹.喲.

 Topic4 · 旅遊觀光

③ 玩到不想回家

Track ◎ **35**

句型 ○○＋很（真）＋○○。

名詞（가／이）＋形容詞（아／어／네）＋요.
　ka　i　　　　　　　　a　eo　ne　　yo
　卡　衣　　　　　　阿　喔　內　　喲

換個單字念念看

很棒的 ／畫	geu ri mi／meo si sseo 그림이／멋있어 古.里.米.／末.細.手.	宏偉的／ 建築物	geon mu ri／dae dan hae 건물이／대단해 滾.木.里.／貼.蛋.黑.
很漂亮的 ／韓服	han bo gi／ye ppeo 한복이／예뻐 韓.普.幾.／也.撥.	出色／ 雕刻	jo ga gi／hul lyung hae 조각이／훌륭해 秋.卡.幾.／呼兒.流.黑.
優秀的／ 作品	jak pu mi／hul lyung hae 작품이／훌륭해 假.噴.米.／呼兒.流.黑.	美麗的／ 陶瓷器	do ja gi ga／a reum da wo 도자기가／아름다워 土.叉.幾.卡.／阿.樂母.打.我.

例句

那是什麼建築物？	jeo geon mu reun mwo ye yo **저 건물은 뭐예요?** 走.幹.木.論.某.也.喲.
有多古老？	eo neu jeong do o rae dwae sseo yo **어느 정도 오래됐어요?** 喔.呢.窮.土.喔.雷.堆.手.喲.
景色真美！	gyeong chi ga meot jeo yo **경치가 멋져요!** 宮.氣.卡.莫.酒.喲.
那個服裝是韓服。	jeo o seun han bo gi e yo **저 옷은 한복이에요.** 走.喔.孫.韓.伯.幾.也.喲.
我也很想穿穿看。	jeo do i beo bo go si peo yo **저도 입어보고 싶어요.** 走.土.衣樸.姑.西.波.喲.

④ 一定要拍照留戀

Track ◎ **36**

句型	可以＋○○＋嗎？

名詞＋動詞 (아／어／해) 도＋돼요?

a　eo　he　do　dwae yo
阿　喔　哈　土　腿　喲

換個單字念念看

抽煙	dam bae pi wo do 담배 피워도 談.配.匹.我.土.	拿這個	i geo gat go ga do 이거 갖고 가도 衣.勾.卡.夠.卡.土.
拍照	sa jin jji geo do 사진 찍어도 莎.親.飢.勾.土.	坐這裡	yeo gi e an ja do 여기에 앉아도 有.幾.也.安.叉.土.

例句

可以拍照嗎？	sa jin jji geo do dwae yo 사진 찍어도 돼요？ 莎.親.飢.勾.土.腿.喲.	
算便宜一點啦！	ssa ge he ju se yo 싸게 해 주세요. 沙.給.黑.阻.誰.喲.	
可否請您幫我拍照？	sa jin jom jji geo ju si ge sseo yo 사진 좀 찍어 주시겠어요? 莎.親.從.飢.勾.阻.細.給.手.喲.	

按這裡就可以了。	yeo gi nu reu myeon dwae yo **여기 누르면 돼요.** 由.幾.努.漏.免.腿.喲.
麻煩再拍一張。	han jang deo bu ta kae yo **한장 더 부탁해요.** 韓.張.透.樸.他.給.喲.
嗨！起士！	ja chi jeu **자, 치즈!** 叉.氣.子.
請不要動喔！	um ji gi ji ma se yo **움직이지 마세요.** 雲.飢.幾.奇.馬.誰.喲.
以後再寄照片給您。	na jung e sa jin bo nael kke yo **나중에 사진 보낼께요.** 娜.中.愛.莎.親.普.內兒.給.喲.

⑤ 美術館跟博物館

Step **1** 韓國人最愛用的句型

Step **2** 韓國人最愛用的寒暄語

Step **3** 旅遊會話

句型 我想看＋○○。

bo go si peo yo
動詞＋보고 싶어요.
普 姑　細 波 喲

換個單字念念看

	yeong hwa			o pe ra
電影	**영화**		歌劇	**오페라**
	用.化.			喔.配.拉.

	kon seo teu
演唱會	**콘서트**
	空.瘦.特.

 **例句**

我想去美術館。	mi sul gwa ne ga bo go si peo yo **미술관에 가 보고 싶어요.** 米.輸.瓜.內.卡.普.夠.細.波.喲.	
入場費要多少錢？	ip jang ryo neun eol ma ye yo **입장료는 얼마예요?** <u>衣樸</u>.張.料.能.<u>偶而</u>.馬.也.喲.	
請給我這個宣傳 冊子。	i pam peul let ju se yo **이 팜플렛 주세요.** 衣.傍.普.雷.阻.誰.喲.	

幾點開放呢？	myeot si e mun yeo reo yo **몇시에 문 열어요?** 妙.細.也.悶.有.樓.喲.	
開放到幾點呢？	myeot si kka ji hae yo **몇시까지 해요?** 妙.細.嘎.吉.黑.喲.	
幾點關門？	myeot si e mun da da yo **몇시에 문 닫아요?** 秒.細.也.悶.它.打.喲.	
可以摸一下嗎？	man jeo do dwae yo **만져도 돼요?** 有.幾.也.安.叉.土.腿.喲.	
可以坐在這裡嗎？	yeo gi e an ja do dwae yo **여기에 앉아도 돼요?** 特.品.怎.細.卡.衣.手.喲.	
有特別展嗎？	teuk byeol jeon si ga i sseo yo **특별전시가 있어요?** 特.品兒.怎.細.卡.衣.手.喲.	
館內有導遊嗎？	gwan nae e an nae ga i deu neu ni sseo yo **관내에 안내 가이드는 있어요?** 光.內.也.安.內.卡.衣.毒.能.衣.手.喲.	

Step
1
韓國人最愛用的句型

Step
2
韓國人最愛用的寒暄語

Step
3
旅遊會話

可以在哪裡買到紀念品呢？	gi nyeom pu meun eo di e seo sar su i sseo yo **기념품은 어디에서 살 수 있어요?** 給.妞.碰.運.喔.低.也.瘦.沙兒.樹.衣.手.喲.
這裡可以抽煙嗎？	yeo gi seo dam bae reur pi wo do dwae yo **여기서 담배를 피워도 돼요?** 有.幾.瘦.談.配.路.匹.我.土.腿.喲.
請告訴我出口在哪裡呢？	chul gu ga eo din ji ga reu chyeo ju se yo **출구가 어딘지 가르쳐 주세요.** 出.姑.卡.喔.定.吉.卡.路.臭.阻.誰.喲.

➡ **Topic4 · 旅遊觀光**

⑥ 看電影和舞台劇　　　　　　Track ◉ **38**

句型　○○＋在哪裡？

i　　　ga　　　　eo di ye yo
名詞（이／가）＋어디예요?
衣　　　卡　　　　喔 低 也 喲

換個單字念念看

這個座位	i ja ri ga **이 자리가** 衣.叉.里.卡.	賣店	mae jeo mi **매점이** 每.走.米.
廁所	hwa jang si ri **화장실이** 化.張.細.里.	入口	ip gu ga **입구가** 衣樸.姑.卡.

門票在哪裡買呢？	ti ke seun eo di seo sa yo **티켓은 어디서 사요?** 提.客.順.喔.低.瘦.莎.喲.
請給我上映片單的 導覽。	sang yeong an nae seo ju se yo **상영 안내서 주세요.** 商.用.安.內.瘦.阻.誰.喲.
哪齣是人氣電影？	in gi it neun yeong hwa neun mwo ye yo **인기있는 영화는 뭐예요?** 音.給.乙.能.用.化.能.某.也.喲.
現在在上演什麼？	ji geum mwo ha go i sseo yo **지금 뭐 하고 있어요?** 奇.滾.某.哈.姑.衣.手.喲.
下一場幾點上映？	da eum sang yeong i myeot si ye yo **다음 상영이 몇시예요?** 打.恩.商.用.衣.秒.細.也.喲.
上演到什麼時候？	eon je kka ji sang yeong ha go i sseo yo **언제까지 상영하고 있어요?** 恩.姊.嘎.奇.商.用.哈.姑.衣.手.喲.
入場時間是幾點呢？	ip jang si ga ni myeot si ye yo **입장시간이 몇시예요?** 衣樸.張.細.卡.妮.司.細.也.喲.

Step
1
韓國人最愛用的句型

Step
2
韓國人最愛用的寒暄語

Step
3
旅遊會話

可以帶食物進去嗎？

eum sik mur gat go deu reo ga do dwae yo

음식물 갖고 들어가도 돼요?

恩.西.木.卡.夠.的.樓.卡.土.腿.喲.

➡ Topic4・ 旅遊觀光

❼ 排隊買票

Track ◎ **39**

句型 給我＋〇〇。

ju se yo

名詞＋數量＋주세요.

阻 塞 喲

換個單字念念看

學生／二張	hak saeng／du jang 학생／두장 哈.先./讀.張.	小孩／兩張	eo ri ni／du jang 어린이／두장 喔.里.妮./讀.張.
大人／三張	seong in／se jang 성인／세장 松.音./誰.張.	大人／四張	seong in／ne jang 성인／네장 松.音./內.張.

例句

我想看傳統舞蹈。

jeon tong mu yong eur bo go si peun de yo

전통무용을 보고 싶은데요.

怎.痛.木.喲.用.額.普.夠.細.噴.爹.喲.

請給我今天三點〈大叔〉的電影票。	yeong hwa a jeo ssi o neur se si ti ket han jang ju se yo 영화〈아저씨〉오늘 세시 티켓 한장 주세요. 用.化.「阿.豬.西.」 喔.怒.塞.細.提.給.韓.將.阻.誰.喲.
給我大人兩張，小孩一張。	eo reun du jan geo ri ni han jang ju se yo 어른 두장, 어린이 한장 주세요. 喔.輪恩.讀.張.喔.理.你.韓.將.阻.誰.喲.
給我 H 列。	H yeol lo hae ju se yo H열로 해 주세요. H.友.樓.黑.阻.誰.喲.
我要前面中間的位置。	ap jur jung ang eu ro bu ta kae yo 앞줄 중앙으로 부탁해요. 阿布.珠.中.暗.惡.樓.樸.他.給.喲.
我要前面的座位。	a pi jo a yo 앞이 좋아요. 阿.批.秋.阿.喲.
我要一樓的座位。	il cheung ja ri ga jo a yo 일층 자리가 좋아요. 憶兒.窮.家.裡.卡.秋.阿.喲.
有當日票嗎？	dang il pyo i sseo yo 당일표 있어요? 當.憶兒.票.衣.手.喲.

賣完了。	mae jin im ni da **매진입니다.** 每.親.因.妮.打.	
學生有打折嗎？	hak saeng ha ri ni i sseo yo **학생 할인이 있어요?** 哈.先.哈.理.你.衣.手.喲.	
這個座位有人坐嗎？	yeo gi ja ri i sseo yo **여기 자리 있어요?** 有.幾.叉.里.衣.手.喲.	
可以坐這裡嗎？	yeo gi e an ja do dwae yo **여기에 앉아도 돼요?** 有.幾.也.安.叉.土.腿.喲.	
我的座位在哪裡呢？	je ja ri neun eo di ye yo **제 자리는 어디예요?** 姊.叉.里.嫩.喔.低.也.喲.	
休息時間是幾點 開始呢？	hyu sik si ga neun myeot si bu teo ye yo **휴식시간은 몇시부터예요?** 休.西.細.卡.嫩.司.細.樸.拖.也.喲.	
休息時間有幾分呢？	hyu sik si ga neun myeot bu ni sseo yo **휴식시간은 몇분 있어요?** 休.西.細.卡.嫩.司.樸.妮.手.喲.	

① 展開追求

Track ◎ **40**

句型 真是＋○○。

si i   ne yo

形容詞＋시（이）네요？

細   衣   內 啲

換個單字念念看

討人喜歡啊！	gwi yeo u 귀여우 桂.有.無.	帥氣啊！	meo si sseu 멋있으 末.細.射.
標緻啊！	ye ppeu 예쁘 也.不.	美男啊！	mi na (mi) 미남이 米.那.(米.)

例句

你有男（女）朋友嗎？	ae i ni sseo yo 애인 있어요? 耶.衣.妮.手.啲.
那個人挺不錯的哦！	jeo sa ram gwaen cha na yo 저 사람 괜찮아요. 走.莎.郎.跪.恰.那.啲.
笑容很棒。	un neu neol gu ri jo a yo 웃는얼굴이 좋아요. 恩.呢.男兒.姑.里.秋.阿.啲.

長得跟○○很像哦！	○○ha go dal ma sseo yo ○○하고 닮았어요. ○○.哈.夠.打.馬.手.喲.
幾歲呢？	na i ga eo tteo ke doe se yo 나이가 어떻게 되세요? 那.衣.卡.喔.豆.客.腿.誰.喲.
喜歡喝酒嗎？	su reun jo a ha se yo 술은 좋아하세요? 樹.輪恩.秋.阿.哈.誰.喲.
假日都做些什麼呢？	swi neun na reun mwo ha se yo 쉬는 날은 뭐 하세요? 書.嫩.那.輪恩.某.哈.誰.喲.
喜歡哪一類型的人呢？	i sang hyeong i eo tteo ke dwae yo 이상형이 어떻게 돼요? 衣.商.玄.衣.喔.豆.客.腿.喲.
請告訴我電話號碼。	jeon hwa beon ho reur ga reu chyeo ju se yo 전화번호를 가르쳐 주세요. 怎.化.崩.呼.路.卡.路.臭.阻.誰.喲.
請告訴我網址。	me il ju so ga reu chyeo ju se yo 메일주소가 르쳐 주세요. 梅.憶兒.阻.嫂.卡.路.臭.阻.誰.喲.

我送你回家吧。	jip kka ji ba rae da deu ril kke yo **집까지 바래다 드릴께요.** 幾.嘎.吉.爬.雷.打.的.<u>立兒</u>.給.喲.	
我到你家去接你吧。	jip kka ji de ri reo gal kke yo **집까지 데리러 갈께요.** 幾.嘎.吉.爹.里.樓.<u>卡兒</u>.給.喲.	

→ Topic5・ 戀愛、交友

② 我要告白

句型 可以＋○○＋嗎？

do　dwae yo
名詞＋動詞도＋돼요?
　　　　土　　腿　喲

換個單字念念看

牽手	so neur ja ba do **손을 잡아도** 嫂.奴.叉.爬.土.		挽你的 胳膊	pal jjang kkyeo do **팔짱껴도** <u>怕兒</u>.將.橋.土.
親你	ki seu hae do **키스해도** 忌.思.黑.土.		去	ga do **가도** 卡.土.
擁抱你	a na do **안아도** 阿.那.土.		打電話	jeon hwa hae do **전화해도** 怎.化.黑.土.

 例句

我喜歡你。	jo a hae yo **좋아해요.** 秋.阿.黑.喲.
我愛你。	sa rang hae yo **사랑해요.** 莎.郎.黑.喲.
我愛上你了。	dang si ne ge ban hae sseo yo **당신에게 반했어요.** 當.細.內.給.胖.黑.手.喲.
我非常非常喜歡你。	neo mu neo mu jo a hae yo **너무너무 좋아해요.** 娜.木.娜.木.秋.阿.黑.喲.
我墜入愛河了。	sa rang e ppa jyeot seum ni da **사랑에 빠졌습니다.** 莎.郎.也.爸.酒特.師母.妮.打.
我每天都想見你。	mae ir bo go si peo yo **매일 보고 싶어요.** 每.憶兒.普.夠.細.波.喲.
可以跟我交往嗎？	na rang sa gwi eo jul lae yo **나랑 사귀어 줄래요？** 那.郎.莎.桂.喔.豬兒.雷.喲.

我想當你的女朋友。	dang si ne yeo ja chin gu ga doe go si peo yo **당신의 여자친구가 되고 싶어요.** 當.細.內.又.叉.親.姑.卡.腿.夠.細.波.喲.
我想當你的男朋友。	dang si ne nam ja chin gu ga doe go si peo yo **당신의 남자친구가 되고 싶어요.** 當.細.內.男.又.親.姑.卡.腿.夠.細.波.喲.
我只愛你一個人。	dang sin man sa rang hal kkeo ye yo **당신만 사랑할꺼예요.** 當.心.罵.莎.郎.哈兒.哥.也.喲.
我眼裡只有你。	jeo neun dang sin ppu ni e yo **저는 당신 뿐이에요.** 走.嫩.當.心.普.妮.也.喲.
只要你在我身邊就好。	dang sin ma ni sseu myeon dwae yo **당신만 있으면 돼요.** 當.心.罵.你.射.免.腿.喲.

③ 正式交往

句型 我想＋○○。

go　　si peo yo
動詞고＋싶어요.

姑　　細 波 喲

換個單字念念看

見面	bo go **보고** 普.姑.		買	sa go **사고** 莎.姑.
去	ga go **가고** 卡.姑.		玩	nol go **놀고** 奴.姑.
吃	meok go **먹고** 摸.姑.		休息	swi go **쉬고** 帥.姑.

 **例句**

週末有什麼計劃呢？	ju ma re yak so gi sseo yo **주말에 약속 있어요?** 阻.馬.淚.牙.嫂.幾.手.喲.
要不要去看電影呢？	yeong hwa reur bo reo gal lae yo **영화를 보러 갈래요?** 用.化.路.普.樓.卡兒.雷.喲.

115

我想看韓國片。	han gug yeong hwa reur bo go si peo yo **한국 영화를 보고 싶어요.** 韓.姑.用.化.路.普.夠.細.波.喲.
你喜歡看什麼樣的電影？	eo tteon yeong hwa reur jo a ha se yo **어떤 영화를 좋아 하세요?** 喔.通.用.化.路.秋.阿.哈.誰.喲.
○○點在○○碰面。	○○si e ○○e seo man na yo **○○시에 ○○에서 만나요.** ○○.細.也.○○.也.瘦.罵.那.喲.
一起拍照吧！	sa jin ga chi jji geo yo **사진 같이 찍어요.** 莎.親.卡.氣.飢.勾.喲.
喝一杯如何呢？	sur han jan eo tteo se yo **술 한잔 어떠세요?** 輸.韓.餐.喔.豆.誰.喲.
今天我請客。	o neu reun nae ga sal ge yo **오늘은 내가 살게요.** 喔.呢.輪恩.內.卡.沙兒.給.喲.
今天真快樂。	o neu reun jeul geo wo sseo yo **오늘은 즐거웠어요.** 喔.呢.輪恩.仇.勾.我.手.喲.

下回我們去○○。	da eum e neun ○○e ga yo **다음에는 ○○에 가요.** 打.恩.也.嫩.○○.也.卡.喲.
很期待哦！	gi dae hal ge yo **기대할게요.** 幾.貼.哈兒.給.喲.
請擁抱我。	a na ju se yo **안아 주세요.** 阿.那.阻.誰.喲.
請多愛我一點。	ma ni sa rang hae ju se yo **많이 사랑해 주세요.** 馬.妮.莎.郎.黑.阻.誰.喲.
請吻我。	ppo ppo hae ju se yo **뽀뽀해 주세요.** 伯.伯.黑.阻.誰.喲.
我真幸福。	jeong mar haeng bo kae yo **정말 행복해요.** 窮.馬.狠.普.給.喲.
我們倆已合為一體了。	u ri neun ha na ye yo **우리는 하나예요.** 無.里.嫩.哈.那.也.喲.

請嫁給我。	na rang gyeol hon hae jul lae yo
	나랑 결혼해 줄래요?
	那.郎.勾兒.紅.黑.豬兒.雷.喲.

→ Topic5 · 戀愛、交友

④ 我們分手吧　　　　　　　　　　Track ◎ **43**

句型	請不要＋○○。

動詞＋지 마세요 .

ji　ma se　yo

吉　馬　誰　喲

換個單字念念看

	yeon ra ka ji			nar tteo na ji
（再跟我）聯絡	**연락하지**		離開我	**날 떠나지**
	又.拉.卡.吉.			那兒.豆.那.吉.

	ga ji			nar beo ri ji
走	**가지**		拋棄我	**날 버리지**
	卡.吉.			那兒.破.里.吉.

	ul ji
哭	**울지**
	爾.吉.

 例句

Step
1
韓國人最愛用的句型

Step
2
韓國人最愛用的寒暄語

Step
3
旅遊會話

我已經有喜歡的人了。	jo a ha neun sa ra mi i sseo yo 좋아하는 사람이 있어요. 秋.阿.哈.嫩.莎.拉.米.衣.手.喲.
我已經不喜歡你了。	i je jo a ha ji an a yo 이제 좋아하지 않아요. 衣.姊.秋.阿.哈.吉.安.阿.喲.
我討厭你。	dang si neur si reo hae yo 당신을 싫어해요. 當.細.奴.細.樓.黑.喲.
我考慮看看。	jom saeng ga kae bol ge yo 좀 생각해 볼게요. 從.先.卡.給.波.給.喲.
只想跟你當朋友。	geu nyang chin gu ro ji nae go si peo yo 그냥 친구로 지내고 싶어요. 古.娘.親.姑.樓.吉.內.夠.細.波.喲.
只想把你當作好哥哥。	chin han o ppa ro ji nae go si peo yo 친한 오빠로 지내고 싶어요. 親.韓.喔.爸.樓.吉.內.夠.細.波.喲.
我們好像沒有這個緣分。	u ri i nyeo ni a nin ga bwa yo 우리 인연이 아닌가봐요. 無.里.衣.牛.妮.阿.您.卡.拔.喲.

我們分手吧！	he eo jeo yo **헤어져요.** 黑.喔.走.喲.
我們倆就此結束吧！	i je kkeun nae yo **이제 끝내요.** 衣.姊.滾.內.喲.
沒有你我該怎麼辦？	dang si ni eop seu myeon na neun eo tteo kae yo **당신이 없으면 나는 어떡해요?** 當.細.妮.歐不.思.免.那.嫩.喔.豆.給.喲.
你要負責。	nar chae gim jeo yo **날 책임져요.** 那兒.切.金母.走.喲.
把我的人生還給我。	nae in saeng dol lyeo jwo yo **내 인생 돌려줘요.** 內.音.先.土.溜.錯.喲.
我被甩了。	cha yeo sseo yo **차였어요.** 恰.有.手.喲.

⑤ 交交朋友

Track ◎ **44**

句型　（我）喜歡＋○○。

eur　reur　　 jo　a hae yo
名詞 (을／를) + 좋아해요.
爾　路　　　秋 阿 黑 喲

換個單字念念看

大長今	dae jang geu meur **대장금을** 貼.張.古.門兒.	金秀賢	gim su hyeon ssi reur **김수현씨를** 金母.樹.玄.西.路.
少女時代	so nyeo si dae **소녀시대** 嫂.牛.細.貼.	韓國料理	han gug yo ri reur **한국요리를** 韓.姑.喲.里.路.
李英愛	i yeong ae ssi **이영애씨** 衣.用.耶.西.	韓國音樂	han gu geum a geur **한국 음악을** 韓.姑.滾.阿.古兒.

我喜歡『大長今』。	jeo neun dae jang geu meur jo a hae yo **저는 대장금을 좋아해요.** 走.嫩.貼.張.古.門兒.秋.阿.黑.喲.
我是李英愛的粉絲。	jeo neun i yeong ae ssi pae ni e yo **저는 이영애씨 팬이에요.** 走.嫩.衣.用.耶.西.配.妮.也.喲.

我喜歡韓國料理。	jeo neun han gug yo ri reur jo a hae yo **저는 한국요리를 좋아해요.** 走.嫩.韓.姑.喲.里.路.秋.阿.黑.喲.
覺得韓國如何？	han gug eo ttae yo **한국 어때요?** 韓.姑.喔.爹.喲.
在韓國很快樂。	han gu geun jae mi i sseo yo **한국은 재미있어요.** 韓.姑.滾.切.米.衣.手.喲.
韓國人很親切。	han guk sa ra meun chin jeol hae yo **한국사람은 친절해요.** 韓.哭.莎.拉.運.親.切.黑.喲.
韓國很好。	han gug eun a ju jo a yo **한국은 아주 좋아요.** 韓.姑.運.阿.阻.秋.阿.喲.
韓國最棒了。	han gu geun choe go ye yo **한국은 최고예요.** 韓.姑.滾.吹.夠.也.喲.

⑥ 要多聯絡哦

Track ◎ 45

句型　請告訴我＋○○。

ga reu cheo ju se yo
名詞＋가르쳐 주세요.

卡 路 醜　阻 誰 喲

換個單字念念看

電話號碼	jeon hwa beon ho 전화번호 怎.化.崩.呼.	生日	saeng ir 생일 先.憶兒.
住址	ju so 주소 阻.嫂.	年齡	na i 나이 那.衣.
姓名	seong ham 성함 松.航.	房間號碼	bang beon ho 방 번호 胖.崩.呼.

 例句

請告訴我你的網址。	i me ir ju so reur ga reu cheo ju se yo 이메일 주소를 가르쳐 주세요. 衣.梅.憶兒.阻.嫂.路.卡.路.醜.阻.誰.喲.
我會傳電子郵件給你。	i me ir bo nael ge yo 이메일 보낼게요. 衣.梅.憶兒.普.內兒.給.喲.

請傳電子郵件給我。	i me ir ju se yo **이메일 주세요.** 衣.梅.憶兒.阻.誰.喲.
再會啦！	tto bwa yo **또 봐요 .** 都.拔.喲.
請務必到台灣來。	dae ma ne kko go se yo **대만에 꼭 오세요.** 貼.罵.內.勾.夠.誰.喲.
我們在台灣見面吧。	dae ma ne seo man na yo **대만에서 만나요.** 貼.馬.內.瘦.罵.那.喲.
我會再來。	tto ol ge yo **또 올게요.** 都.喔.給.喲.
再會啦！	tto man na yo **또 만나요.** 都.罵.那.喲.

① 一起追星去吧

Track ◎ **46**

句型	○○＋很（真）＋○○。

名詞（가／이）＋形容詞（아／어／네）＋요.
ka i a eo ne yo
卡 衣 阿 喔 內 喲

換個單字念念看

演技／出色	yeon gi ga／meo si sseo sseo 연기가／멋있었어 又.幾.卡.／末.細.手.手.	跳舞／酷	daen seu ga／meo si sseo sseo 댄스가／멋있었어 蛋.思.卡.／末.細.手.手.
笑容／迷人	un neun pyo jeong i／me ryeog jeo gi e 웃는 표정이／매력적이에 恩.嫩.票.窮.衣.／梅.流.走.幾.也.	皮膚／漂亮	pi bu ga／jon ne 피부가／좋네 匹.樸.卡.／秋.內.

 **例句**

初次見面，你好！	cheo um beb ge seum ni da an nyeong ha se yo 처음 뵙겠습다.안녕하세요. 醜.雲.陪.給.師母.妮.打.安.牛恩.哈.誰.喲.
辛苦了。	su go hae sseo yo 수고했어요. 樹.夠.黑.手.喲.
我是你的粉絲。	pe ni e yo 팬이에요. 配.妮.也.喲. 

好想見你！	man na go si peo sseo yo **만나고 싶었어요.** 罵.那.夠.細.波.手.喲.
我想念你。	bo go si peo sseo yo **보고 싶었어요.** 普.夠.細.波.手.喲.
我愛你。	sa rang hae yo **사랑해요.** 莎.郎.黑.喲.
我超喜歡你的。	jeong mar jo a hae yo **정말 좋아해요.** 窮.馬.秋.阿.黑.喲.
本人比較漂亮喔！	sil mu ri deo meot ji se yo **실물이 더 멋지세요.** 吸.木.里.朵.摸.吉.誰.喲.
我一直都有在看你喔！	eon je na jar bo go i sseo yo **언제나 잘 보고 있어요.** 恩.姊.那.彩兒.普.夠.衣.手.喲.
我很喜歡你的歌。	dang si ne no re reur jo a he yo **당신의 노래를 좋아해요.** 當.細.內.努.淚.路.秋.阿.黑.喲.

Step
1
韓國人最愛用的句型

Step
2
韓國人最愛用的寒暄語

Step
3
旅遊會話

打起精神來哦！	him nae se yo **힘 내세요.** 嬉母.內.誰.喲.	

Topic6・ 追星、唱卡拉 OK

② 瘋狂呼喊

句型	○○＋（看）這裡。

yeo gi yo
○○＋여기요!
有　幾　喲

換個單字念念看

哥哥（女用）	o ppa **오빠~** 喔.爸.	姐姐（女用）	eon ni **언니~** 恩.妮.
大哥（男用）	hyeong **형~** 玄.	姐姐（男用）	nu na **누나~** 努.那.

 **例句**

哇！	wa **와아~!** 娃.

好可愛！	gwi yeo wo yo **귀여워요!** 桂.有.我.喲.
好酷哦！	meo si sseo yo **멋있어요!** 末.西.手.喲.
太漂亮啦！	ye ppeo yo **예뻐요!** 也.撥.喲.
好棒喔！	jal ha ne yo **잘하네요!** 採.哈.內.喲.
我愛你！	sa rang hae yo **사랑해요!** 莎.郎.黑.喲.
超喜歡你！	neo mu jo a yo **너무 좋아요!** 娜.木.秋.阿.喲.
到這邊！	yeo gi ro o se yo **여기로 오세요.** 有.幾.樓.喔.誰.喲.

再多說一點話！	jom deo yae gi hae jwo yo **좀 더 얘기해줘요!** 從.朵.永.幾.黑.錯.喲.
別走！	ga ji ma se yo **가지 마세요.** 卡.吉.馬.誰.喲.
棒極啦！	choe go ye yo **최고예요!** 吹.夠.也.喲.
再來一次！ 再來一次！	aeng kor aeng kor **앵, 콜! 앵, 콜!** 昂.口爾.昂.口爾.
不要哭！不要哭！	ur ji ma ur ji ma **울, 지, 마! 울, 지, 마!** 兒.吉.馬.兒.吉.馬.

 ③ 握手簽名　　　　　　　　　　　Track ◎ **48**

句型	請（跟我、幫我）＋○○。

動詞 (아／어) ＋해주세요.

a　　eo　　　hae ju se yo

阿　　喔　　　黑 阻 塞 喲

換個單字念念看

握手	ak su **악수** 阿苦.樹.	寫一句話	han ma di sseo **한마디 써** 韓.馬.低.手.
簽名	ssa in **싸인** 沙.音.	聯絡	yeol lak **연락** 又.拉給.
也寫上名字	i reum do sseo **이름도 써** 衣.樂母.土.手.	親我	ppo ppo **뽀뽀** 伯.伯.

例句

我想跟你一起拍照。	ga chi sa jin jjik go si peo yo **같이 사진찍고 싶어요.** 卡.氣.莎.親.幾.夠.細.波.喲.
請收下這個。	i geo ba da ju se yo **이거 받아주세요.** 衣.勾.爬.打.阻.誰.喲. 

這是禮物。	seon mu ri e yo **선물이에요.** 松.木.里.也.喲.
請保重身體。	mom jo sim ha se yo **몸 조심하세요.** 母.秋.心.哈.誰.喲.
路上小心。	jo sim hi ga se yo **조심히 가세요.** 秋.心.米.卡.誰.喲.
身體永遠健康。	neur geon gang ha se yo **늘 건강하세요.** 奴.滾.幹.哈.誰.喲.
別太勉強自己哦。	neo mu mu ri ha ji ma se yo **너무 무리하지 마세요.** 娜.木.木.里.哈.吉.馬.誰.喲.
再接再厲，加油哦！	ap eu ro do him nae se yo **앞으로도 힘내세요.** 阿布.屋.樓.土.嬉母.內.誰.喲.

④ 唱卡拉 OK

句型	○○＋多少（錢）呢？

eol ma ye yo
數量＋얼 마예요?
偶而 馬 也 喲

換個單字念念看

	han sa ram dang		da hap cheo seo
每一個人	**한사람당** 韓.莎.郎.當.	全部加 起來	**다 합쳐서** 打.哈普.醜.瘦.
兩人	dur i seo **둘이서** 土.衣.瘦.	一半的話	ba ni myeon **반이면** 爬.妮.兔.
每一個 小時	han si gan dan **한시간당** 韓.細.卡.蛋.		

 例句

	no rae bang e ga yo	
我們來去唱卡拉OK 吧！	**노래방에 가요.** 努.雷.胖.也.卡.喲.	
基本費要多少？	gi bon yo geu mi eol ma ye yo **기본요금이 얼마예요?** 給.本.喲.古.米.偶而.馬.也.喲.	

要怎麼使用遙控器？	ri mo ko neun eo tteo ke sa yong hae yo **리모콘은 어떻게 사용해요?** 里.某.庫.能.喔.透.客.沙.用.黑.喲.
有中文歌嗎？	jung gug no rae do i sseo yo **중국 노래도 있어요?** 中.哭.努.雷.土.衣.手.喲.
我要點飲料。	eum ryo su ju mun hal ge yo **음료수 주문할게요.** 恩.料.樹.阻.木.哈兒.給.喲.
接下來誰唱？	da eum cha re neun nu gu ye yo **다음 차례는 누구예요?** 打.恩.擦.劣.能.努.姑.也.喲.
唱得真好。	jar ha si ne yo **잘 하시네요.** 差.拉.細.內.喲.
一起唱吧！	ga chi no rae hae yo **같이 노래해요.** 尬.奇.努.雷.黑.喲.
可以延長嗎？	yeon jang har su i sseo yo **연장할 수 있어요?** 言.張.哈兒.樹.衣.手.喲.

① 按摩護膚

句型 麻煩（我要）＋○○。

bu ta kam ni da
名詞＋부탁합니다.
樸 他 看 你 打

換個單字念念看

基本護膚	gi bon ko seu **기본코스** 幾.本.庫.思.	全身按摩	jeon sin ma sa ji **전신 마사지** 怎.心.馬.莎.吉.
去污垢	ttae mi ri **때밀이** 爹.米.里.	臉部按摩	eol gur ma sa ji **얼굴 마사지** 偶而.骨.馬.莎.吉.
海藻敷臉	hae cho paeg **해초팩** 黑.求.佩.	腳底按摩	bar ma sa ji **발 마사지** 拔.馬.莎.吉.
去毛	teol ppop gi **털뽑기** 拖兒.撥.幾.		

 **例句**

給我看一下價目表。	me nyu jom bo yeo ju se yo **메뉴 좀 보여 주세요.** 梅.牛.從.普.喲.阻.誰.喲.	

麻煩我要做預約的
基本護膚。

ye ya kan ko seu ro bu ta kam ni da

예약한 코스로 부탁합니다.

也.牙.刊.庫.思.樓.樸.他.看.妮.打.

我沒有預約，
可以嗎？

ye ya geur mo taen neun de gwaen cha na yo

예약을 못했는데 괜찮아요?

也.牙.古兒.母.爹.嫩.爹.跪.恰.那.喲.

要等很久嗎？

ma ni gi da ryeo ya dwae yo

많이 기다려야 돼요?

馬.妮.幾.打.留.牙.腿.喲.

30分的話我等。

sam sip bun jeong do myeon gi da ril ge yo

30분 정도면 기다릴게요.

山母.細.噴.窮.土.免.幾.打.立兒.給.喲.

全身按摩要多少錢？

jeon sin ma sa ji eol ma ye yo

전신 마사지 얼마예요?

怎.心.馬.莎.奇.偶而.馬.也.喲.

置物櫃在哪裡？

bo gwan ha meun eo di ye yo

보관함은 어디예요?

普.光.哈.運.喔.低.也.喲.

Step
1
韓國人最愛用的句型

Step
2
韓國人最愛用的寒暄語

Step
3
旅遊會話

② 皮膚比較敏感

Track ◎ **51**

句型	有＋○○。

名詞(이／가)＋있어요.
i　　ga　　i sseo yo
衣　卡　　衣 手 喲

換個單字念念看

過敏	al le reu gi ga 알레르기가 阿兒.淚.路.幾.卡.	花粉症	kkot ga ru al le reu gi 꽃가루 알레르기 扣特.卡.魯.阿兒.淚.路.幾.
異位性皮膚炎	a to pi ga 아토피가 阿.偷.匹.卡.	失眠症	bul myeon jeung 불면증 普.免.真.

 例句

我皮膚比較敏感。	pi bu ga min gam hae yo 피부가 민감해요. 匹.樸.卡.敏.卡母.黑.喲.
好像腫起來了。	bu eun geot ga ta yo 부은 것 같아요. 樸.運.勾.卡.他.喲.
紅腫起來了。	ppal ga ke bu eo sseo yo 빨갛게 부었어요. 巴.卡.客.樸.喔.手.喲.

皮膚會刺痛。	pi bu ga hwa kkeun hwa kkeun hae yo **피부가 화끈화끈해요.** 匹.樸.卡.化.滾.化.滾.黑.喲.	
沒問題。	gwaen cha na yo **괜찮아요.** 跪.恰.那.喲.	
我口渴。	gal jeung i na yo **갈증이 나요.** 卡兒.真.衣.那.喲.	
請給我水。	mur jom ju se yo **물 좀 주세요.** 木.從.阻.誰.喲.	
房間很熱。	bang i deo wo yo **방이 더워요.** 胖.衣.朵.我.喲.	
床很冷。	chim dae ga cha ga wo yo **침대가 차가워요.** 七母.貼.卡.恰.卡.我.喲.	
好像又活過來啦！	sar geot ga ta yo **살 것 같아요.** 沙兒.勾.卡.他.喲.	

③ 太舒服啦

句型	太＋○○。

neo mu
너무＋形容詞。

弄　木

換個單字念念看

	tteu geo wo yo			a pa yo
燙	뜨거워요		痛	아파요
	度.勾.我.喲.			阿.怕.喲.
	deo wo yo			bi ssa yo
熱	더워요		貴	비싸요
	朵.我.喲.			比.沙.喲.

 例句

請躺下來。	nu u se yo 누우세요. 努.屋.誰.喲.
請用趴的。	eop deu ri se yo 엎드리세요. 喔.的.里.誰.喲.
很痛。	a pa yo 아파요. 阿.怕.喲.

有一點痛。	jom a pa yo **좀 아파요.** 從.阿.怕.喲
請小力一點。	deo ya ka ge hae ju se yo **더 약하게 해 주세요.** 透.牙.卡.給.黑.阻.誰.喲.
很舒服。	si won hae yo **시원해요.** 細.旺.黑.喲.

→ **Topic8 ·** **快樂購物**

① 血拼前暖身一下　　　　　　　　　　　Track ◎ **53**

句型　　**在找＋○○。**

chat go　　i sseo yo
名詞＋찾고 있어요.
茶　夠　衣　手　喲

換個單字念念看

西裝	yang bog **양복** 楊.伯.	裙子	seu keo teu **스커트** 思.空.特.
連身裙	won pi seu **원피스** 旺.匹.思.	褲子	ba ji **바지** 爬.吉.

牛仔褲	cheong ba ji **청바지** 窮.爬.吉.		外套	ko teu **코트** 庫.特.
T恤	ti syeo cheu **티셔츠** 提.羞.秋.		內衣	so got **속옷** 嫂.姑特.
休閒襯衫	kae ju eor syeo cheu **캐주얼 셔츠** 給.阻.偶而.羞.秋.		背心	jo kki **조끼** 秋.忌.
Polo襯衫	pol lo syeo cheu **폴로 셔츠** 普洱.樓.羞.秋.		領帶	nek ta i **넥타이** 內.他.衣.
女用襯衫	beul la u seu **블라우스** 笨兒.拉.無.思.		帽子	mo ja **모자** 母.叉.
毛衣	seu we teo **스웨터** 思.位.拖.		襪子	yang mar **양말** 楊.馬.
夾克	ja ket **자켓** 叉.給.		太陽眼鏡	seon geul la seu **선글라스** 松.股.拉.思.

例句

歡迎光臨！	eo seo o se yo **어서 오세요.** 喔.瘦.喔.誰.喲.

您要找什麼呢？	mwo cha jeu se yo 뭐 찾으세요? 某.擦.之.誰.喲.
請您試一下？	i beo (si neo) bo se yo 입어 (신어) 보세요. 衣.波.（細.娜.）普.誰.喲.
這要多少錢？	i geo eol ma ye yo 이거 얼마예요? 衣.勾.偶而.馬.也.喲.
這是什麼？	i geo mwo ye yo 이거 뭐예요? 衣.勾.某.也.喲.
給我看那個。	jeo geot jom bo yeo ju se yo 저것 좀 보여 주세요. 走.勾.從.普.喲.阻.誰.喲.
我只是看看而已。	geu nyang jom bol lyeo gu yo 그냥 좀 볼려구요. 哭.娘.從.波.溜.姑.喲.
我不買。	dwae sseo yo 됐어요. 退.手.喲.

我會再來。	da si ol ge yo **다시 올게요.** 他.細.喔.給.喲.
到幾點呢？	myeot si kka ji hae yo **몇 시까지 해요?** 苗.細.嘎.奇.黑.喲.

➡ Topic8・ 快樂購物

② 挑選商品　　　　　　　　　　　　Track ◎ **54**

句型	可以＋○○＋嗎？

a　　eo　　he　　do　dwae yo
動詞（아／어／해）도＋돼요?
阿　　喔　　哈　　土　　腿 喲

換個單字念念看

摸	man jeo do **만져도** 罵.走.土.	戴戴看	sseo bwa do **써 봐도** 手.拔.土.
套套看	jo geum geol cheo i beo do **조금 걸쳐 입어도** 秋.滾.勾.醜.衣.破.土.	配戴看看	he bwa do **해 봐도** 黑.拔.土.

例句

小姐。	yeo gi yo 여기요！ 由.幾.喲.
哪種特產賣得最好？	in gi it neun seon mu ri muo ye yo 인기 있는 선물이 뭐예요？ 音.幾.乙.嫩.松.木.里.某.也.喲.
我要買送朋友的特產，什麼比較好呢？	chin gu e ge jur teu san pum son mul lo mwo ga jo eul kka yo 친구에게 줄 특산품 선물로 뭐가 좋을까요? 親.姑.耶.給.珠.特.三.撲母.松.母.樓.某.卡.書.呼.而.卡.喲.
我在找跟這個一樣的東西。	i geot gwa ga teun geo seur chat go in neun de yo 이것과 같은 것을 찾고 있는데요. 衣.勾.瓜.卡.吞.勾.思兒.差.姑.乙.能.爹.喲.
這個如何呢？	i geon eo ttae yo 이건 어때요? 衣.滾.喔.爹.喲.
那我不喜歡。	geu geon ma eu me an deu reo yo 그건 마음에 안 들어요. 哭.滾.馬.恩.梅.安.都.樓.喲.
可以試穿嗎？	i beo bwa do dwae yo 입어 봐도 돼요? 衣.波.拔.土.腿.喲.

有大一點的嗎？	jom deo keun ge i sseo yo **좀더 큰 게 있어요?** 從.透.困.給.衣.手.喲.	
這要怎麼用呢？	i geon eo tteo ke sseu neun geo ye yo **이건 어떻게 쓰는 거예요?** 衣.滾.喔.透.客.射.能.勾.也.喲.	

→ **Topic8 · 快樂購物**

③ 一定要試穿

句型 可以＋○○嗎？

a   eo   he   bwa do   doelkka yo
○○（아／어／해）봐도＋될까요?
　　　　阿　喔　哈　拔　土　　腿 嘎 喲

換個單字念念看

試穿看看	i beo bwa do **입어 봐도** 衣.破.拔.土.	試吃看看	meo geo bwa do **먹어 봐도** 末.勾.拔.土.
試穿看看	si neo bwa do **신어 봐도** 細.娜.拔.土.		

Step
1
韓國人最愛用的句型

Step
2
韓國人最愛用的寒暄語

Step
3
旅遊會話

 例句

可以試穿一下嗎？	si neo bwa do dwae yo **신어 봐도 돼요?** 細.諾.拔.土.腿.喲.
我可以試戴這個嗎？	i geo hae bwa do dwae yo **이거, 해 봐도 돼요?** 衣.勾.黑.拔.土.腿.喲.
這邊請。	i jjo geu ro o se yo **이쪽으로 오세요.** 衣.秋.古.樓.歐.誰.喲.
可以改短一點嗎？	gi jang ur ju rir su i sseo yo **기장을 줄일 수 있어요?** 給.張.兒.珠.里兒.樹.衣.手.喲.
我很喜歡。	cham ma u me deu reo yo **참 마음에 들어요.** 摻.馬.烏.梅.土.樓.喲.

④ 尺寸不合啦

Track ◎ **56**

句型 有不同的＋○○＋嗎？

da reun eun neun i sseo yo
다른＋名詞 (은／는) ＋있어요？

打 輪恩 　　　運　嫩 　　衣 手 喲

換個單字念念看

設計	di ja i neun 디자인은 低.叉.衣.嫩.		花樣	mu ni neun 무늬는 木.妮.嫩.
尺寸	sa i jeu neun 사이즈는 莎.衣.子.嫩.		料子	jae jir 재질 切.其.
顏色	sae geun 색은 誰.滾.			

 例句

幫我量一下尺寸。	je chi su jom jae eo ju se yo 제 치수 좀 재어 주세요. 姊.氣.樹.從.切.喔.阻.誰.喲.
有小一點的嗎？	jom deo ja geun ge i sseo yo 좀 더 작은 게 있어요? 從.透.叉.滾.給.衣.手.喲.

再給我看一下大一號的。	han chi su keun geo seu ro bo yeo ju se yo **한 치수 큰 것으로 보여 주세요.** 韓.氣.樹.困.勾.思.樓.普.喲.阻.誰.喲.
有大一點的嗎？	deo keun geo seun i sseo yo **더 큰 것은 있어요？** 朵.肯.勾.順.衣.手.喲.
您尺寸多大？	sa i jeu ga eo tteo ke doe se yo **사이즈가 어떻게 되세요?** 莎.衣.子.卡.喔.透.客.腿.誰.喲.

➔ Topic8 · 快樂購物

⑤ 買化妝品　　　　　　　　　　　　Track ◎ **57**

句型　　我在意＋○○。

ga　　i　　　　sin gyeong sseuyeo yo
○○ (가 ／ 이) ＋신 경　쓰여요.
　　卡　衣　　　　心　宮　　射　有　喲

換個單字念念看

皮膚乾燥	pi bu geon jo ga **피부건조가** 匹.樸.滾.秋.卡.	皮膚鬆弛	pi bu neu reo ji mi **피부늘어짐이** 匹.樸.呢.樓.吉.米.
青春痘	yeo deu reu mi **여드름이** 有.的.路.米.	黑斑	ju geun kke ga **주근깨가** 阻.滾.給.卡.

皺紋	ju reu mi **주름이** 阻.路.米.	肌膚暗沈	chik chik ha mi **칙칙함이** 七個.七個.哈.米.

例句

哪個賣得最好？	eo tteon ge in gi in na yo **어떤게 인기 있나요?** 喔.通.給.音.幾.音.那.喲.
我在找這種產品。	i sang pu meur chat go in neun de yo **이 상품을 찾고 있는데요.** 衣.商.噴.門兒.姑.夠.音.嫩.爹.喲.
我想買化妝水。	seu ki neur jom sa go si peun de yo **스킨을 좀 사고 싶은데요.** 司.忌.奴.從.莎.姑.系.噴.爹.喲.
BB霜在哪裡？	BB keu ri meun eo di i sseo yo **bb크림은 어디 있어요?** 逼.逼.苦.力.悶.喔.低.衣.手.喲.
我很煩惱○○。	○○ga(i)go mi ni e yo **○○가(이)고민이에요.** ○○.卡.(衣.)夠.米.妮.也.喲.

有青春痘專用的嗎？	yeo deu reum jeo nyong i i sseo yo 여드름 전용이 있어요? 有.毒.樂母.怎.用.衣.衣.手.喲.
哪一種產品適合呢？	eo tteon je pu mi jal ma jeur geot ga teu se yo 어떤 제품이 잘맞을 것 같으세요? 喔.通.姊.噴.米.採.馬.子兒.勾.卡.特.誰.喲.
有什麼效果呢？	eo tteon hyo gwa ga i sseo yo 어떤 효과가 있어요? 喔.通.永.瓜.卡.衣.手.喲.
很有人氣。	in gi ga i sseo yo 인기가 있어요. 音.幾.卡.衣.手.喲.
可以試用化妝品嗎？	hwa jang pu meur sseo bwa do doe na yo 화장품을 써 봐도 되나요? 化.張.碰.門兒.搜.拔.土.推.娜.喲.
我要五條口紅。	rip seu tig da seot gae ju se yo 립스틱 다섯 개 주세요. 力普.司.爹.打.手.給.阻.誰.喲.
請告訴我使用順序。	sa yong sun seo reur ga reu cheo ju se yo 사용순서를 가르쳐 주세요. 莎.喲.用.順.瘦.路.卡.路.醜.阻.誰.喲.

有試用品嗎？	gyeon bon pu meun i sseo yo **견본 품은 있어요?** 宮.本.噴.運.衣.手.喲.
試用品要多給我 一點喔！	saem peu reur ma ni ju se yo **샘플을 많이 주세요.** 現.普.魯.罵.你.阻.誰.喲.

⑥ 買鞋子

Track ◎ **58**

句型	給我＋○○。

ju se yo
名詞＋주세요.
阻 塞 喲

換個單字念念看

休閒運 動鞋	seu ni keo jeu **스니커즈** 思.妮.空.子.	無後跟的 女鞋	myur **뮬** 妙兒.
涼鞋	saen deur **샌들** 先.都.	高跟鞋	ha i hir **하이힐** 哈.衣.衣兒.
無帶淺口 有跟女鞋	peom peu seu **펌프스** 碰.普.思.	靴子	bu cheu **부츠** 樸.秋.

短馬靴	syo teu bu cheu **쇼트 부츠** 秀.特.樸.秋.	登山鞋	teu re king hwa **트레킹화** 特.涙.金.化.
網球鞋	te ni seu hwa **테니스화** 貼.妮.思.化.	木屐	jjo ri saen deur **쪼리샌들** 秋.里.先.都.

例句

尺寸合嗎？	jar ma ja yo **잘 맞아요?** 叉.馬.加.喲.
剛剛好。	ttag ma ja yo **딱 맞아요.** 當.馬.加.喲.
這太小了一點。	i geon jom ja geun de yo **이건 좀 작은데요.** 衣.滾.從.叉.滾.爹.喲.
再給我小一點的尺寸。	jom deo ja geun sa i jeu reur bo yeo ju se yo **좀 더 작은 사이즈를 보여 주세요.** 從.透.叉.滾.莎.衣.子.魯.普.喲.阻.誰.喲.
這個尺寸有沒有白色的。	i sa i jeu ro hin sae geop seo yo **이 사이즈로 흰색 없어요?** 衣.莎.衣.子.樓.很.誰.勾.手.喲.

151

	jom geo reo bwa do dwae yo
可以走一下嗎？	**좀 걸어 봐도 돼요?**
	從.勾.樓.拔.土.腿.喲.
這是真皮的喔！	i geo seun jin jja ga ju gi e yo
	이것은 진짜 가죽이에요.
	衣.勾.順.親.恰.卡.豬.幾.也.喲.

→ Topic8 · 快樂購物

❼ 這鑽戒真可愛

句型 太＋○○了嗎？

neo mu   a   eo   na   eun ga   yo
너무＋形容詞（아／어／나／은가）＋요?
弄 木   阿   喔   那   運 卡   喲

換個單字念念看

	keun ga		yeo yu ga eom na
大	**큰가**	緊	**여유가 없나**
	肯.卡.		有.友.卡.歐姆.那.
小	ja geun ga	高	no pa
	작은가		**높아**
	叉.滾.卡.		努.怕.
寬鬆	yeo yu ga in na	矮	na ja
	여유 있나		**낮아**
	有.友.卡.音.那.		那.又.

Step
1
韓國人最愛用的句型

Step
2
韓國人最愛用的寒暄語

Step
3
旅遊會話

短	jjal ba 너무짧아 恰兒.爬.		長	gi reo 너무길어 幾.樓.

 例句

這寶石戒真可愛。	bo seog ban ji do cham ye ppeu ne yo 보석 반지도 참 예쁘네요. 衣.普.惜.胖.奇.土.槍.也.不.耐.喲.

可以給我看鑽戒嗎？	da i a mon deu ban ji jom bo yeo ju si ge sseo yo 다이아몬드 반지 좀 보여 주시겠어요? 打.衣.阿.胖.奇.從.普.喲.阻.細.給.手.喲.

請告訴我誕生石。	tan saeng seo geur ga reu cheo ju se yo 탄생석을 가르쳐 주세요. 誕.先.瘦.古兒.卡.路.秋.阻.誰.喲.

這個可以試戴一下嗎？	i geo kki eo bwa do doe na yo 이거 끼어 봐도 되나요? 衣.科.忌.喔.拔.土.腿.娜.喲.

這是18K金的嗎？	i geon sip pal geu mi e yo 이건 18금이에요? 衣.滾.細.八.滾.米.愛.喲.

中文	韓文
這是幾克拉？	i geon myeot kae reo si jo **이건 몇 캐럿이죠?** 衣.滾.秒.給.樓.細.酒.
那是 3 克拉。	geu geon sam kae reo si e yo **그건 3캐럿이에요.** 哭.滾.山母.給.樓.細.愛.喲.
這是真的還是 假的？	i geo jin jja ye yo mo jo pu mi e yo **이거 진짜예요? 모조품이에요?** 衣.勾.親.恰.也.喲.某.抽.普.米.愛.喲.
這好像是假的。	i geon ga jja gan ne yo **이건 가짜 같네요.** 衣.滾.卡.恰.咖.內.喲.
有小一號的嗎？	han chi su ja geun sa i jeu neun eom na yo **한 치수 작은 사이즈는 없나요?** 韓.氣.樹.叉.滾.莎.衣.子.能.歐.娜.喲.

⑧ 買食物

Track ◎ **60**

句型　○○＋在哪裡？

eun　　neun　　　eo di ye yo
名詞（은／는）＋어디예요?
運　　嫩　　　喔 低 也 喲

換個單字念念看

傳統茶專區	jeon tong cha ko neo neun 전통차 코너는 怎.痛.恰.庫.娜.嫩.	調味料專區	jo mi ryo ko neo neun 조미료 코너는 秋.米.料.庫.娜.嫩.
餅乾專區	gwa ja ko neo neun 과자 코너는 瓜.叉.庫.娜.嫩.	鮮魚專區	saeng seon ko neo neun 생선 코너는 先.松.庫.娜.嫩.
速食食品專區	in seu teon teu sik pum ko neo neun 인스턴트식품 코너는 音.思.通.特.西.撲母.庫.娜.嫩.	蔬菜專區	ya chae ko neo neun 야채 코너는 牙.切.庫.娜.嫩.

例句

服務台在哪裡？	go gaek sen teo neun eo di e i sseo yo 고객센터는 어디에 있어요? 夠.給.仙.拖.嫩.喔.低.也.衣.手.喲.
這是什麼泡菜呢？	i geon mu seun gim chi ye yo 이건 무슨 김치예요? 衣.滾.木.順.金母.氣.也.喲.

有白菜泡菜嗎？	be ju gim chi i sseo yo **배주 김치 있어요?** 配.阻.金母.氣.衣.手.喲.
可以試吃嗎？	si si kae bwa do dwae yo **시식해 봐도 돼요?** 細.細.給.拔.土.腿.喲.
一公斤多少錢？	il kkil lo e eol ma ye yo **일킬로에 얼마예요?** 憶兒.寄.樓.也.偶而.馬.也.喲.
這個請幫我稱一下。	i geo jom jae ju se yo **이거 좀 재주세요.** 衣.勾.從.切.阻.誰.喲.
請給我這泡菜一顆。	i gim chi han po gi ju se yo **이 김치 한포기 주세요.** 衣.金母.氣.韓.普.幾.阻.誰.喲.
給我○○韓元份。	won eo chi ju se yo **○○원어치 주세요.** 旺.喔.氣.阻.誰.喲.
能保鮮幾天？	myeo chir jeong do ga yo **며칠 정도 가요?** 妙.妻兒.窮.土.卡.喲.

Step
1
韓國人最愛用的句型

Step
2
韓國人最愛用的寒暄語

Step
3
旅遊會話

給我袋子。

bong tu ju se yo
봉투 주세요.

崩.凸.阻.誰.喲.

→ Topic8・ 快樂購物

⑨ 討價還價

Track ◎ **61**

句型	請＋○○（一點）。

hae ju se yo
形容詞 + 해주세요.

黑 阻 塞 喲

換個單字念念看

便宜	ssa ge **싸게** 沙.給.		（弄）好提	ga jeo ga gi swip ge **가져가기 쉽게** 卡.走.卡.幾.睡.給.
快	ppal li **빨리** 巴.里.		（弄）漂亮	ye ppeu ge hae ju se yo **예쁘게 해주세요.** 也.不.給.黑.阻.誰.喲.
（弄）小	jak ge **작게** 假.給.		再便宜 一些	jom deo ssa ge **좀 더 싸게** 從.朵.沙.給.

例句

多少錢呢？	eol ma ye yo **얼마예요?** 偶而.馬.也.喲.
全部多少錢呢？	da hap cheo seo eol ma ye yo **다 합쳐서 얼마에요?** 打.哈普.秋.瘦.偶而.馬.也.喲.
這太貴了。	i geon neo mu bi ssa yo **이건 너무 비싸요.** 衣.滾.弄.木.皮.沙.喲.
算便宜一點啦！	ssa ge hae ju se yo **싸게 해 주세요.** 殺.給.黑.阻.誰.喲.
付現可以打幾折？	hyeon geu mi myeon eol ma na ha rin dwae yo **현금이면 얼마나 할인돼요?** 玄.滾.衣.免.偶而.馬.娜.哈兒.音.腿.喲.
打八折。	i sip peo sen teu ha rin hae deu ril ge yo **20% 할인해 드릴게요.** 易.細.婆.仙.特.哈兒.音.黑.的.立兒.給.喲.
謝謝你！	go ma wo yo **고마워요.** 夠.馬.我.喲.

⑩ 我買這個

Track ◎ **62**

句型 給我＋○○。

ju se yo
數量＋주세요.

阻 塞 喲

換個單字念念看

一個	ha na **하나** 哈.那.	一台	han dae **한대** 韓.貼.
一張	han jang **한장** 韓.張.	一本（書）	han gwon **한권** 韓.鍋.
一個	han gae **한개** 韓.給.		

 **例句**

我買這個。	i geo sal kke yo **이거 살께요.** 衣.勾.沙兒.給.喲.	
給我這兩個跟那一個。	i geo du gae ha go jeo geo ha na ju se yo **이거 두개하고 저거 하나 주세요.** 衣.勾.讀.給.哈.姑.走.科.哈.娜.阻.誰.喲.	

麻煩算帳。	gye san hae ju se yo **계산해 주세요.** 給.傘.黑.阻.誰.喲.	
32600圜。	sam ma ni chen yuk bae gwon im ni da **삼만이천육백 원입니다.** 三.滿.易.餐.育苦.倍.鍋.伊.你.打.	
收您四萬圜。	sa ma nwon ba dat seum ni da **사만원 받았습니다.** 沙.滿.弄.爬.大.師母.你.大.	
找您7400圜。	geo seu reum don chil chen sa bae gwon im ni da **거스름돈 7,400원입니다.** 科.司.樂母.洞.七.餐.沙.倍.光.因.你.打.	
您付現還是刷卡？	hyeon geu meu ro ji bul ha sir geo ye yo? a ni myeon ka deu se yo **현금으로 지불하실 거예요? 아니면 카드세요?** 玄.古.木.樓.奇.普.哈.吸.哥.也.喲.阿.尼.免.卡.的.誰.喲.	
我付現。	hyeon geu mi e yo **현금이에요.** 玄.古.米.愛.喲.	
可以刷卡嗎？	ka deu ro gye san har su i sseo yo **카드로 계산할 수 있어요?** 卡.的.樓.給.三.哈兒.樹.衣.手.喲.	

Step
1
韓國人最愛用的句型

Step
2
韓國人最愛用的寒暄語

Step
3
旅遊會話

不，不能刷卡。	a ni yo sa yong har su eop seum ni da **아니요, 사용할 수 없습니다.** 阿.妮.喲.莎.喲.用.哈兒.樹.<u>歐不</u>.<u>師母</u>.妮.打.
可以使用優待票嗎？	ku pon eun sa yong har su i sseo yo **쿠폰은 사용할 수 있어요?** 庫.朋.運.莎.喲.用.哈兒.樹.衣.手.喲.
請這裡簽名。	yeo gi e seo myeong hae ju se yo **여기에 서명해 주세요.** 有.幾.耶.瘦.妙.黑.阻.誰.喲.
金額不對。	geum ae gi an ma ja yo **금액이 안맞아요.** 滾.耶.幾.安.馬.叉.喲.
請找錢。	geo seu reum don ju se yo **거스름돈 주세요.** 勾.思.<u>樂母</u>.洞.阻.誰.喲.
給我收據。	yeong su jeung ju se yo **영수증 주세요.** 用.樹.真.阻.誰.喲.
歡迎再度光臨。	tto o se yo **또 오세요.** 都.喔.誰.喲.

⑪ 包裝及配送　　　　　　　　　　　　　Track ◎ **63**

句型	請（做）＋○○（一點）。

hae ju se yo
形容詞＋名詞＋해주세요.

黑 阻 塞 喲

換個單字念念看

可愛／包裝	ye ppeu ge／po jang 예쁘게 ／포장 也.不.給.／普.張.	再／確認	da si／han beon hwa gin 다시 ／한번 확인 打.細.／韓.朋.化.金.
快點／配送	ppal l／bae dar 빨리 ／배달 八.里.配.／大.爾	等一下／打電話	na jung e／jeon hwa 나중에 ／전화 娜.中.愛.／怎.化.

 例句

可以幫我包成送禮的嗎？	seon mur yong eu ro po jang hae ju si ge sseo yo 선물용으로 포장해 주시겠어요? 松.母兒.用.惡.樓.普.張.黑.阻.細.給.手.喲.
送禮用的嗎？	seon mur yong i se yo 선물용이세요? 松.母兒.用.衣.誰.喲.
不，自己要用的。	a ni e yo je ga sseur geo ye yo 아니에요, 제가 쓸 거예요. 阿.尼.耶.喲.姊.卡.思兒.勾.也.喲.

是的，送禮用的。	ne seon mur yong i e yo 네, 선물용이에요. 耐.松.母兒.用.衣.愛.喲.
幫我個別包裝。	gak gak da reun bong tu e neo eo ju se yo 각각 다른 봉투에 넣어 주세요. 卡.嘎.打.輪恩.崩.凸.耶.挪.歐.阻.誰.喲.
幫我放在一個 大袋子裡。	keun bong ji e neo eo ju se yo 큰 봉지에 넣어 주세요. 困.崩.奇.耶.諾.喔.阻.誰.喲.
請幫我放在袋子裡。	bong tu e neo eo ju se yo 봉투에 넣어주세요. 崩.凸.也.娜.喔.阻.誰.喲.
請再給我多一點 袋子。	bong tu deo ju se yo 봉투 더 주세요. 崩.凸.朵.阻.誰.喲.
請幫我寄送到飯店。	i geo seur ho tel kka ji bae dal hae ju se yo 이것을 호텔까지 배달해 주세요. 衣.勾.思兒.呼.貼.嘎.吉.配.打.黑.阻.誰.喲.
這可以幫我寄到台 灣嗎？	i geo dae ma neu ro bo nae ju sir su i sseo yo 이거 대만으로 보내 주실 수 있어요? 衣.科.貼.馬.呢.樓.普.內.阻.吸.樹.衣.手.喲.

163

	un song yo geu meun eol ma ye yo
運費要多少？	운송 요금은 얼마예요?
	運.鬆.喲.古.悶.偶而.馬.也.喲.

	myeo chir jeong do geol lyeo yo
要花幾天？	며칠 정도 걸려요? 
	妙.妻兒.窮.土.勾.溜.喲.

Topic9 · 交通運輸

① 坐電車遊遍韓國

Track ◎ 64

句型 到＋○○嗎？

○○ (에) ＋가요?
　　　ge　　　ga yo
　　給　　　卡 喲

換個單字念念看

	seo ur yeo ge		yu won ji
首爾車站	서울역에	遊樂園	유원지
	瘦.兒.有.給.		友.旺.吉.

	in cheon gong hang		mi sul gwan
仁川機場	인천공항	美術館	미술관
	音.窮.工.航.		米.輸.光.

例句

這附近有地鐵車站嗎？	geun cheo e ji ha cheor yeo geun i sseo yo 근처에 지하철역은 있어요？ 滾.醜.也.吉.哈.球.有.滾.衣.手.喲.
給我一張開往明洞的車票。	myeong dong haeng pyo han jang ju se yo 명동행 표 한 장 주세요. 妙.同.狠.票.韓.張.阻.誰.喲.
往釜山的是幾點？	bu san ga neun yeol cha myeot si e i sseo yo 부산 가는 열차 몇시에 있어요? 樸.傘.卡.能.友.擦.免.細.也.衣.手.喲.
給我一般座位兩張。	il ban seo geur du jang ju se yo 일반석을 두 장 주세요. 憶兒.胖.瘦.古兒.讀.張.阻.誰.喲.
到釜山還要多久？	bu san kka ji eol ma na geol lyeo yo 부산까지 얼마나 걸려요？ 樸.三.嘎.吉.偶而.馬.那.勾.溜.喲.
我要禁煙座位。	geum yeon seo geu ro bu ta kae yo 금연석으로 부탁해요. 滾.又.瘦.古.樓.樸.他.給.喲.
開往首爾的列車有幾點的呢？	seo ul haeng yeol cha neun myeot si e i sseo yo 서울행 열차는 몇 시에 있어요? 瘦.爾.狠.友.恰.嫩.妙.細.也.衣.手.喲.

165

請退我錢。	hwan bul hae ju se yo **환불해 주세요.** 換.普.黑.阻.誰.喲.
要花幾分鐘呢？	myeot bun geol lyeo yo **몇 분 걸려요?** 免.崩.勾.溜.喲.
幾號月台呢？	myeot beon pl let po mi e yo **몇 번 플렛폼이에요?** 免.崩.普.雷.波.米.愛.喲.
在哪裡換車呢？	eo di seo ga ra ta yo **어디서 갈아타요?** 喔.低.瘦.卡.拉.她.喲.
往公園的出口在 哪裡？	gong wo neu ro na ga neun chul gu ga eo di ye yo **공원으로 나가는 출구가 어디예요?** 工.我.呢.樓.娜.卡.能.糗.姑.卡.喔.低.也.喲.
末班車是幾點呢？	mak cha neun myeot si ye yo **막차는 몇 시예요?** 忙.恰.嫩.妙.細.也.喲.

② 坐巴士玩遍大街小巷　　　　　　Track ◎ 65

句型 我想＋○○。

名詞＋動詞고 ＋ 싶어요.

go　si peo yo

姑　　細 波 喲

換個單字念念看

行李／寄放	ji meur／mat gi go 짐을／맡기고 基母.額./馬.幾.夠.	台灣／寄到	dae ma ne／bo nae go 대만에／보내고 貼.馬.內./普.內.夠.
在這裡／休息	yeo gi seo／swi go 여기서／쉬고 有.幾.瘦./書.夠.	一起／去	ga chi／ga go 같이／가고 卡.氣./卡.夠.

 例句

開往慶州的車站在哪裡？	gyeong ju haeng ta neun go si eo di ye yo 경주행 타는 곳이 어디예요？ 宮.阻.狠.他.嫩.夠.細.喔.低.也.喲.
給我四張往大邱的車票。	dae gu haeng ne jang ju se yo 대구행 네 장 주세요. 貼.姑.狠.內.張.阻.誰.喲.
仁川機場要怎麼走？	in cheon gong hang e eo tteo ke ga yo 인천공항에 어떻게 가요? 音.窮.工.航.愛.喔.透.客.卡.喲.

這公車往鐘路嗎？	i beo seu jong ro e ga yo **이 버스 종로에 가요?** 衣.波.司.窮.樓.愛.卡.喲.
472號巴士可以 到喔！	sa bag chil si bi beon beo seu reur ta myeon dwae yo **사백칠십이번 버스를 타면 돼요.** 沙.倍.七.細.比.朋.波.司.魯.她.免.腿.喲.
有幾分的休息 時間呢？	hyu sik si ga neun myeot bun ga ni e yo **휴식시간은 몇 분간이에요?** 休.西.細.卡.嫩.秒.噴.卡.妮.也.喲.
往東大門的巴士要 在哪裡搭乘？	dong dae mu ne ka neun beo seu neun eo di seo ta yo **동대문에 가는 버스는 어디서 타요?** 同.貼.目.內.哥.能.波.司.能.喔.低.瘦.她.喲.
到了文井洞請告 訴我。	mun jeong dong e do cha ka myeon al lyeo ju se yo **문정동에 도착하면 알려 주세요.** 悶.窮.同.愛.土.擦.卡.免.阿兒.溜.阻.誰.喲.
在這裡下車。	yeo gi seo nae ryeo yo **여기서 내려요.** 由.幾.瘦.內.溜.喲.

③ 搭計程車

Step
1
韓國人最愛用的句型

Step
2
韓國人最愛用的寒暄語

Step
3
旅遊會話

句型 請到＋○○。

ga ju se yo
名詞＋가 주세요 .
卡　阻　誰　喲

換個單字念念看

這裡	yeo gi ro 여기로 有.幾.樓.	東大門	dong dae mu neu ro 동대문으로 同.貼.木.呢.樓.
景福宮	gyeong bok gung eu ro 경복궁으로 宮.伯克.姑恩.屋.樓.	江南車站	gang nam yeo geu ro 강남역으로 幹.男.有.古.樓.
清潭洞	cheong dam dong eu ro 청담동으로 窮.談.同.屋.樓.	鐘路	jong ro ro 종로로 窮.樓.樓.

 例句

計程車！	taek si 택시！ 特.細.	
你好！	an nyeong ha se yo 안녕하세요. 安.牛恩.哈.誰.喲.	

司機先生。	gi sa nim **기사님.** 幾.莎.你母.
請到這裡。	yeo gi jom ga ju se yo **여기 좀 가 주세요.** 由.幾.從.卡.阻.誰.喲.
我到仁川。	in cheon kka ji ga yo **인천까지 가요.** 音.窮.嘎.奇.卡.喲.
要花多久時間？	eo neu jeong do geol lil kka yo **어느 정도 걸릴까요?** 喔.呢.窮.土.勾.立兒.嘎.喲.
請按計程表。	mi teo reur kyeo ju se yo **미터를 켜주세요.** 米.拖.路.苛.阻.誰.喲.
請右轉。	o reun jjo geu ro ga ju se yo **오른쪽으로 가주세요.** 喔.輪恩.秋.古.樓.卡.阻.誰.喲.
請開暖氣。	nan ban geur kyeo ju se yo **난방을 켜주세요.** 難.胖.古兒.苛.阻.誰.喲.

請開慢一點。	cheon cheon hi ga ju se yo **천천히 가주세요.** 窮.窮.衣.卡.阻.誰.喲.
請快一點。	seo dul leo ju se yo **서둘러 주세요.** 瘦.土.漏.阻.誰.喲.
我在這裡下車。	yeo gi seo nae ril ge yo **여기서 내릴게요.** 由.幾.瘦.內.立.給.喲.
請在那個大樓前停。	jeo bil ding a pe seo se wo ju se yo **저 빌딩 앞에서 세워 주세요.** 走.比兒.定.阿.配.瘦.塞.我.阻.誰.喲.
麻煩，幫我打開後車箱。	teu reong keu jom yeo reo ju se yo **트렁크 좀 열어 주세요.** 土.冷.苦.從.友.樓.阻.誰.喲.
多少錢呢？	eol ma ye yo **얼마예요？** 偶而.馬.也.喲.
請找零。	geo seu reum don ju se yo **거스름돈 주세요.** 勾.思.樂母.洞.阻.誰.喲.

Step
1
韓國人最愛用的句型

Step
2
韓國人最愛用的寒暄語

Step
3
旅遊會話

④ 問路

Track ◎ **67**

句型	可以＋○○＋嗎？

動詞도＋돼요?
<small>do dwae yo</small>

土　　腿　喲

換個單字念念看

	mwo jom mu reo bwa do		meo geo do
問一下	뭐 좀 물어봐도 某.從.木.樓.拔.土.	吃	먹어도 末.勾.土.
去	ga do 가도 卡.土.	拿起來	ji beo do 집어도 吉.破.土.
看	bwa do 봐도 拔.土.	休息一下	swi eo do 쉬어도 書.喔.土.

 例句

公車站在哪裡？	beo seu jeong ryu jang i eo di ye yo 버스 정류장이 어디예요? 波.司.成.流.長.伊.喔.低.也.喲.
不好意思，我迷路了。	sil lye ham ni da gi reur i reo sseo yo 실례합니다.길을 잃었어요. 吸.劣.哈.妮.打.幾.奴.衣.樓.手.喲.

（邊看地圖）我現在在哪裡？	je ga ji geum in neun go si eo di ye yo **제가 지금 있는 곳이 어디예요?** 茄.嘎.七.滾.乙.能.勾.西.喔.低.也.喲.
請幫我指一下地圖。	ji do e pyo si hae ju se yo **지도에 표시해 주세요.** 奇.土.耶.票.細.黑.阻.誰.喲.
往哪一條路走好呢？	eo neu gir ro ga ya hae yo **어느 길로 가야 해요.** 喔.呢.幾.樓.卡.呀.黑.喲.
鞋店在哪裡呢？	gu du ga ge neun eo di ye yo **구두 가게는 어디예요?** 姑.讀.卡.給.能.喔.低.也.喲.
要花多少時間？	eo neu jeong do geol lyeo yo **어느 정도 걸려요?** 喔.呢.窮.土.勾.溜.喲.
大約10分鐘。	sib bun jeong do geol lyeo yo **10분 정도 걸려요.** 細.噴.窮.毒.口.溜.喲.

⑤ 指示道路   Track ◎ **68**

句型	○○＋在哪裡？

eo di ye yo
名詞 + 어디예요?
喔 低 也 喲

換個單字念念看

公車站	beo seu ta neun go seun **버스 타는 곳은** 波.司.她.嫩.夠.孫.	藥局	yak gu geun **약국은** 牙.姑.滾.
兌換處	hwan jeon so neun **환전소는** 換.怎.嫂.嫩.	觀光諮詢 服務台	gwan gwang an nae so neun **관광안내소는** 狂.光.安.內.嫂.嫩.

可以看到那邊的大建築物嗎？	jeo gi keun geon mu ri bo i si jo **저기 큰 건물이 보이시죠?** 走.幾.困.肯.母.里.普.衣.細.酒.
那就是郵局。	geo gi ga u che gu gi e yo **거기가 우체국이에요.** 勾.給.卡.屋.切.哭.幾.也.喲.
有地圖嗎？	ji do ga ji go i sseo yo **지도 가지고 있어요?** 奇.土.卡.奇.姑.衣.手.喲.

Step
1
韓國人最愛用的句型

Step
2
韓國人最愛用的寒暄語

Step
3
旅遊會話

這是近路嗎？	i gi ri ji reum gi ri e yo **이 길이 지름길이에요?** 衣.幾.里.奇.路.幾.里.愛.喲.
往左轉。	oen jjo geu ro ga ju se yo **왼쪽으로 가 주세요.** 孕.秋.古.樓.卡.阻.誰.喲.
直走。	jjug ga se yo **쭉 가세요.** 豬.卡.誰.喲.
你先找餐廳的位置。	re seu to rang eul meon jeo cha jeu se yo **레스토랑을 먼저 찾으세요.** 淚.司.偷.郎.爾.門.走.擦.阻.誰.喲.

→ **Topic9 · 交通運輸**

⑥ 郵局－買郵票　　　　　　　　　　　　Track ◎ **69**

郵局在哪裡？	u che gu geun eo di e yo **우체국은 어디에요?** 無.切.姑.滾.喔.低.也.喲.
我要郵票。	u pyo ju se yo **우표 주세요.** 無.票.阻.誰.喲.

175

給我450圓的郵票。	sa bae go si bwon jja ri u pyo ju se yo **사백 오십원짜리 우표 주세요.** 莎.倍.夠.細.碰.恰.里.屋.票.阻.誰.喲.
給我信封。	bong tu ju se yo **봉투 주세요.** 崩.凸.阻.誰.喲.
給我航空信封。	hang gong seo gan ju se yo **항공서간 주세요.** 航.工.瘦.卡.阻.誰.喲.
我要寄到台灣。	dae ma ne bo nae go si peun de yo **대만에 보내고 싶은데요.** 貼.馬.內.普.內.夠.細.噴.爹.喲.

→ Topic9・ 交通運輸

❼ 郵局－寄包裹　　　　　　　　　　　　Track ◎ **70**

句型	麻煩（我要）＋○○。

pu ta kea yo
名詞＋부탁해요.
樸 他 給 喲

換個單字念念看

空運	hang gong pyeo neu ro **항공편으로** 航.工.騙.呢.樓.	船運	bae pyeon **배편** 配.騙.

Step
1
韓國人最愛用的句型

Step
2
韓國人最愛用的寒暄語

Step
3
旅遊會話

掛號	deung gi u pyeon 등기우편 頓.幾.無.騙.	宅急便	taek bae 택배 貼客.配.
包裹	so po 소포 嫂.普.	限時專送	ppa reu nu pyeo neu ro 빠른우편으로 爸.路.努.騙.呢.樓.

例句

我要寄國際快捷。	ro hae ju se yo EMS로 해 주세요. EMS.樓.黑.阻.誰.喲.
好的。	ne al get seum ni da 네, 알겠습니다. 內.阿兒.給.師母.妮.打.
我要寄送行李。	ji meur bo nae go si peun de yo 짐을 보내고 싶은데요. 吉.門兒.普.內.夠.細.噴.爹.喲.
您信要寄到哪裡呢？	eo di ro pyeon ji reur bo nae sil geo ye yo 어디로 편지를 보내실 거예요? 喔.低.樓.騙.奇.魯.普.內.吸.勾.也.喲.
北京。	be i jing eu ro bo nae ju se yo 베이징으로 보내 주세요. 北.衣.京.惡.樓.普.內.阻.誰.喲.

要花幾天？	myeo chir jeong do geol lyeo yo **며칠 정도 걸려요?** 妙.妻兒.窮.土.勾.溜.喲.
大約四天時間。	sa ir jeong do geol lyeo yo **사일 정도 걸려요.** 莎.憶兒.窮.土.勾.溜.喲.
到北京大約要花 五天。	be i jing kka ji o ir jeong do geol lyeo yo **베이징까지 5일 정도 걸려요.** 北.衣.京.嘎.奇.喔.憶兒.窮.土.勾.溜.喲.
給我紙箱。	sang ja ju se yo **상자 주세요.** 商.叉.阻.誰.喲.
裡面是什麼？	eo tteon mul geo ni e yo **어떤 물건이에요?** 喔.通.母兒.共.伊.也.喲.
有易損物品。	kkae ji gi swi un mul geo ni i sseo yo **깨지기 쉬운 물건이 있어요.** 給.吉.幾.書.恩.母.勾.妮.衣.手.喲.

Step
1
韓國人最愛用的句型

Step
2
韓國人最愛用的寒暄語

Step
3
旅遊會話

① 到藥房

Track ◉ **71**

句型	**請給我＋○○。**

ju se yo

名詞 + 주세요.

阻 塞 喲

換個單字念念看

感冒藥	gam gi yag **감기약** 卡母.幾.牙.	胃藥	wi jang yag **위장약** 為.張.牙.
體溫計	che on gye **체온계** 切.翁.給.	止瀉藥	seol sa yag **설사약** 手.莎.牙.
濕布藥	pa seu **파스** 怕.思.	暈車藥	meol mi yag **멀미약** 末兒.米.牙.

 **例句**

給我感冒藥。	gam gi ya geur ju se yo **감기약을 주세요.** 卡母.給.牙.古.阻.誰.喲.
給我處方箋的藥。	cheo bang jeo ne ya geur ju se yo **처방전의 약을 주세요.** 秋.胖.怎.內.牙.古.阻.誰.喲.

好像吃壞肚子了。	jal mot meo geun geot ga ta yo **잘 못 먹은 것 같아요.** 菜兒.摸.末.滾.勾.卡.打.喲.
給我跟這個一樣的藥。	i geo ha go ga teun ya geur ju se yo **이거하고 같은 약을 주세요.** 衣.科.哈.姑.卡.盾.牙.古.阻.誰.喲.
這藥有副作用嗎？	i ya geun bu ja gyong i i sseo yo **이 약은 부작용이 있어요?** 衣.牙.滾.樸.叉.宮.衣.衣.手.喲.
這藥要怎麼吃呢？	eo tteo ke meo geu myeon dwae yo **어떻게 먹으면 돼요?** 喔.透.客.末.古.免.腿.喲.
一天飯後吃三次。	ha ru e se beon si ku e deu se yo **하루에 세 번 식후에 드세요.** 哈.魯.也.誰.崩.細.庫.也.的.誰.喲.
現在吃可以嗎？	ji geum meo geo do dwae yo **지금 먹어도 돼요?** 奇.滾.末.勾.土.腿.喲.

② 到醫院 1

Track ◎ **72**

Step
1
韓國人最愛用的句型

Step
2
韓國人最愛用的寒暄語

Step
3
旅遊會話

句型 沒有＋○○。

eop seo yo
名詞＋없 어요.

歐不 瘦 喲

換個單字念念看

	ui ryo bo heom jeung i		sa hoe bo heom
健保卡	의료보험증이	社會保險	사회보험
	烏衣.料.普.喝.真.衣.		莎.會.普.喝.
	so gae jang i		jin chal gwon
介紹信	소개장이	掛號證	진찰권
	嫂.給.張.衣.		親.差.鍋.

♪ **例句**

我要看病。	jin chal hae ju se yo **진찰해 주세요.** 親.差.黑.阻.誰.喲.	
我是初診。	cho ji nin de yo **초진인데요.** 求.吉.您.爹.喲.	
我想看內科。	nae gwa jin ryo reur bat go si peo yo **내과 진료를 받고 싶어요.** 內.瓜.親.料.路.爬.夠.細.波.喲.	

我想看外科。	oe gwa jin ryo reur bat go si peo yo **외과 진료를 받고 싶어요.** 歐.瓜.親.料.路.爬.夠.細.波.喲.
沒有預約。	ye ya geun an hae sseo yo **예약은 안했어요.** 也.牙.滾.安.黑.手.喲.
幫我量體溫。	che o neur cheuk jeong hae ju se yo **체온을 측정해 주세요.** 切.喔.奴.秋克.窮.黑.阻.誰.喲.
我感冒了。	gam gi deu reo sseo yo **감기 들었어요.** 卡母.幾.都.樓.手.喲.
打針比較好嗎？	ju sa ma ja ya dwae yo **주사 맞아야 돼요?** 阻.莎.馬.叉.牙.腿.喲.
有藥物過敏嗎？	ya ge al le reu gi ga i sseo yo **약에 알레르기가 있어요?** 牙.給.阿兒.淚.路.幾.卡.衣.手.喲.
我有藥物過敏。	jeo neun al le reu gi ga i sseo yo **저는 알레르기가 있어요.** 走.嫩.阿兒.淚.路.幾.卡.衣.手.喲.

有發燒。	yeo ri i sseo yo **열이 있어요.** 有.里.衣.手.喲.	
感到身體發冷。	han gi ga deu reo yo **한기가 들어요.** 韓.幾.卡.的.樓.喲.	
感到身體沈重倦怠。	mo mi mu geo wo yo **몸이 무거워요.** 母.米.木.勾.我.喲.	
咳嗽得很厲害。	gi chi mi sim hae yo **기침이 심해요.** 幾.七.米.心.黑.喲.	
喉嚨痛。	mo gi a pa yo **목이 아파요.** 母.幾.阿.怕.喲.	
沒有食慾。	si gyo gi eop seo yo **식욕이 없어요.** 細.叫.幾.歐普.瘦.喲.	
感到噁心。	so gi me seu kkeo wo yo **속이 메스꺼워요.** 嫂.幾.梅.司.哥.我.喲.	

有瀉肚子。	seol sa ga na yo **설사가 나요.** 手.莎.卡.那.喲.	
肚子痛。	bae ga a pa yo **배가 아파요.** 配.卡.阿.怕.喲.	
頭痛。	meo ri ga a pa yo **머리가 아파요.** 末.里.卡.阿.怕.喲.	
牙痛。	i ga a pa yo **이가 아파요.** 衣.卡.阿.怕.喲.	
腳踝扭傷了。	bal mo geur ppi eo sseo yo **발목을 삐었어요.** 爬.母.古.畢.喔.手.喲.	
好像骨折了。	ppyeo ga bu reo jin geot ga ta yo **뼈가 부러진 것 같아요.** 表.卡.樸.拉.親.勾.卡.打.喲.	
請給我診斷書。	jin dan seo reur sseo ju se yo **진단서를 써 주세요.** 親.蛋.瘦.入.色.阻.誰.喲.	

④ 遇到麻煩　　　　　　　　　　　　　Track ◎ **74**

句型	把＋○○＋忘記放在＋○○。

場所＋物品＋두고 나왔어요.
du go　na wa sseo yo
讀 夠 那 娃 手 喲.

換個單字念念看

電車／行李	jeon cheo re／ji meur **전철에 ／짐을** 怎.醜.淚. ／吉.門兒.	飯店／名產	ho ter e／teuk san mu reur **호텔에 ／특산물을** 呼.貼.也. ／特.三.木.路.
房間／鑰匙	bang e／yeol soe reur **방에 ／열쇠를** 胖.也. ／友.塞.路.	餐廳／錢包	sik dang e／ji ga beur **식당에 ／지갑을** 西.當.也. ／吉.卡.布兒.
計程車／電腦	taek si e／com pyu teo reur **택시에 ／컴퓨터를** 貼客.細.也. ／看.飄.拖.路.	保險箱／護照	geum go e／yeo gwo neur **금고에 ／여권을** 滾.夠.也. ／有.郭.奴.
公車／皮包	beo seu e／ga ban geur **버스에 ／가방을** 破.思.也. ／卡.胖.古兒.		

 例句

我迷路了。	gi reur i reo sseo yo **길을 잃었어요.** 幾.路.一.樓.手.喲.

手提包不見了。	ga ban geu ri reo sseo yo **가방을 잃었어요.** 卡.胖.屋.一.漏.手.喲.
錢包被扒走了。	ji ga beur so mae chi gi dang hae sseo yo **지갑을 소매치기 당했어요.** 幾.甲.布兒.嫂.每.氣.幾.當.黑.手.喲.
錢包掉了。	ji ga beu ri reo beo ryeo sseo yo **지갑을 잃어 버렸어요.** 幾.卡.布.里.樓.波.留.手.喲.
護照遺失不見了。	yeo gwo neur ir eo beo ryeo sseo yo **여권을 잃어 버렸어요.** 有.郭.奴.憶兒.喔.破.留.手.喲.
有會說中文的人嗎？	jung gu geo a neun sa ra mi sseo yo **중국어 아는 사람 있어요?** 中.姑.勾.阿.嫩.莎.拉.米.手.喲.
說中文可以嗎？	jung guk mal do gwaen cha na yo **중국말도 괜찮아요?** 中.哭.馬.土.跪.恰.那.喲.
裡面有護照跟機票。	yeo gwon ha go hang gong gwo ni deu reo i sseo yo **여권하고 항공권이 들어 있어요.** 喲.管.哈.姑.航.工.管.衣.土.樓.衣.手.喲.

請告訴我姓名跟住址。	i reum gwa ju so reur al lyeo ju se yo 이름과 주소를 알려 주세요. 衣.樂母.瓜.阻.嫂.入.阿兒.溜.阻.誰.喲.
幫我叫警察。	gyeong cha reur bul leo ju se yo 경찰을 불러 주세요. 宮.恰.路.普.漏.阻.誰.喲.
警察局在哪裡？	gyeong chal seo neun eo di ye yo 경찰서는 어디예요？ 宮.差.瘦.嫩.喔.低.也.喲.
請幫我辦信用卡掛失停用。	ka deu reur mot sseu ge hae ju se yo 카드를 못 쓰게 해주세요. 卡.的.路.摸.射.給.黑.阻.誰.喲.
我找不到我的行李。	jim eur mot cha ja sseo yo 짐을 못 찾았어요. 基母.額.摸.擦.叉.手.喲.

⑤ **站住！小偷！**

Track ◎ **75**

句型 請（幫我）＋○○。

名詞＋動詞＋**주세요.**
ju se yo

阻 塞 喲

換個單字念念看

醫生／叫	ui sa reur／bul leo **의사를／불러** 烏衣.莎.魯.／普.樓.	到明洞／ 載我	myeong dong kka ji／ga **명동까지／가** 妙.同.嘎.奇.／卡.
計程車／ 叫一下	taek si／jom bul leo **택시／좀 불러** 特.細.／從.普.拉.	房間／換	ban geur／ba kkwo **방을／바꿔** 胖.額.／爬.郭.

 **例句**

站住！小偷！	geo gi seo do du gi ya **거기 서! 도둑이야!** 科.給.瘦.土.毒.幾.呀.
小偷！	do du gi ya **도둑이야!** 土.讀.幾.牙.
有扒手！	so mae chi gi ya **소매치기야!** 嫂.每.氣.幾.牙.

救命啊！	do wa ju se yo **도와 주세요！** 土.娃.阻.誰.喲.
幫幫我！	sal lyeo ju se yo **살려 주세요!** 沙兒.溜.阻.誰.喲.
抓住他！	ja ba ju se yo **잡아 주세요!** 叉.爬.阻.誰.喲.
不要這樣！	i reo ji ma se yo **이러지 마세요!** 衣.樓.吉.馬.誰.喲.
放手！	nwa ju se yo **놔 주세요.** 奴娃.阻.誰.喲.
我叫警察喔！	gyeong char bu reul geo ye yo **경찰 부를 거예요.** 孔恩.差.樸.入.哥.也.喲.
幫我叫救護車。	gu geup cha reur bul leo ju se yo **구급차를 불러 주세요.** 姑.苦.擦.入.普.漏.阻.誰.喲.

幫我叫醫生。	ui sa bul leo ju se yo 의사 불러 주세요 烏衣.莎.普.漏.阻.誰.喲.	
請帶我到醫院。	byeong wo ne de ryeo da ju se yo 병원에 데려다 주세요. 蘋.我.內.爹.留.打.阻.誰.喲.	
請幫我叫救護車。	gu geup cha reur bul leo ju se yo 구급차를 불러 주세요. 姑.苦.恰.路.普.漏.阻.誰.喲.	
火災啦！	bu ri ya 불이야! 樸.里.牙.	
火燒家啦！	bu ri na sseo yo 불이 났어요. 樸.里.那.手.喲.	

輕圖表!

5天速學

旅遊韓語

（18K＋MP3）

【韓語Jump 04】

■ 發行人／林德勝

■ 著者／金龍範

■ 設計・創意主編／吳欣樺

■ 出版發行／山田社文化事業有限公司

　地址　臺北市大安區安和路一段112巷17號7樓

　電話　02-2755-7622

　傳真　02-2700-1887

■ 郵政劃撥／19867160號　大原文化事業有限公司

■ 總經銷／聯合發行股份有限公司

　地址　新北市新店區寶橋路235巷6弄6號2樓

　電話　02-2917-8022

　傳真　02-2915-6275

■ 印刷／上鎰數位科技印刷有限公司

■ 法律顧問／林長振法律事務所　林長振律師

■ 書＋MP3 定價／新台幣299元

■ 初版／2017年2月

© ISBN：978-986-246-459-5
2017, Shan Tian She Culture Co. , Ltd.